ねじれびと

原宏一

祥伝社文庫

目次

平凡組合

ひょんなきっかけから平凡組合のミーティングに出席することになった。

会社の帰りに乗り換え駅の新宿《しんじゅく》で、高校時代の友だち、金子《かねこ》にばったり出くわした。月日が経《た》つのは早いもので、卒業以来八年ぶりの再会だったが、せっかくだから飲もうぜ、という話になり、新宿駅東口の居酒屋に飛び込んで旧交を温めているときに金子が言いだした。

「おれ、平凡組合にハマっててさ」

「なんだそれ」

最初は苦笑して受け流したが、平凡組合という奇妙な名前がやけに引っかかった。

シゲキは昔から自他ともに認める平凡そのものの男だった。中肉中背《ちゅうにくちゅうぜい》、イケメンでもなければ不細工でもない。スポーツが得意だったわけでも、音楽に熱中していたわけでも、学校の成績が飛び抜けていたわけでもない。

「暇《ひま》でさあ」

というのが口癖《くちぐせ》で、ただひたすら漫然《まんぜん》と自宅と学校を往復するだけの平凡かつ退屈な高校生活に明け暮れていた。

それは八年経ったいまもまったく変わっていない。そこそこの大学を卒業して、そこそこの食品会社に就職して、給料もそこそこ、人事評価もそこそこ、趣味もそこそこ、スポーツもそこそこ。ただひたすら漫然と自宅と会社を往復するだけの平凡かつ退屈なサラリーマン生活に明け暮れている。

当然ながら女性との出会いもない。二十代も半《なか》ばとなって、そろそろ結婚ぐらいしないとなあ、と漠然《ばくぜん》とは考えているものの、こんな平凡すぎるサラリーマンに目を留める女性がいるわけもなく、彼女ができる気配はまるでない。

そんなシゲキにとって、偶然にも旧友と再会し、途中下車して居酒屋に繰《く》りだすなどイレギュラー中のイレギュラーもいいところで、ビールで乾杯してチューハイに切り替え、ほろ酔い気分になったところで思わず、

「相変わらず暇でさあ」

高校時代さながらに、ぼやいてしまった。すると金子が身を乗りだした。

「だったら、おまえも平凡組合に出席してみろよ」

毎週日曜日にミーティングをやっているという。金子はいま都下の町田《まちだ》に住んでいるから多摩《たま》部会に出席しているそうだが、シゲキは阿佐谷《あさがや》だから杉並《すぎなみ》部会がいいんじゃないか

な、と助言してくれる。開催場所は区民会館の集会室。出席者に特段の制限はなく、年齢性別を問わず、だれでも予約なしで出席できる無料ミーティングらしい。

「怪《あや》しい宗教とかじゃないだろうな」

シゲキは警戒した。友だちに誘われてうっかり足を運んだばかりに、新興宗教に取り込まれたり、自己啓発セミナーの餌食《えじき》になったり、その手の危ない話はいくらでも聞いている。仮にもその手の集会だったらヤバいと思い、念のため携帯でネット検索してみると、なぜか何もヒットしない。

「それってマジな話か？」

酒席の馬鹿話にまんまと乗せられている気がしてきた。

「いやいや、ガチの話だって。平凡組合は、あくまでも人間と人間がじかに顔を突き合わせて話し合うのが前提の集まりだから、ネットとかＳＮＳとかは一切《いっさい》ご法度《はっと》。それだけが唯一のルールなんだよな」

「やっぱ怪しいなあ」

「だからそんなんじゃねえって」

「じゃあ、どんなんだよ」

「それは出席してみりゃ一発でわかるんだけど、とにかくこのおれがハマったんだから、おまえだって絶対にハマる」

言われてみれば、金子も高校時代は平凡そのものの男だった。シゲキよりは若干《じゃっかん》背が高くて太めであることを除いては、イケメンでもなければ不細工でもなく、彼女もまたいない。何をするでもなく、ただひたすらぼんやりとした日々を過ごしていたクチだった。

「なんかつまんねえよな」

という口癖もどこかシゲキに似ていたことから、なんとなく友だちになり、なんとなく二人でつるんで何をするでもなく時間を浪費していた。

そんな金子がここまで熱心に勧めてくるからには、よほどおもしろいミーティングなのかもしれない。

どうせ週末は暇だしな。

出無精《でぶしょう》のシゲキにしてはめずらしく興味を惹《ひ》かれ、ちょっと覗《のぞ》きにいってみるか、と思い立ったのだった。


区民会館の集会室は三十畳はあろうかという座敷タイプで、ちょっとした旅館の宴会場のような大広間だった。

そのがらんとした畳敷《たたみじ》きの空間に点々とばらけるように、三十人ほどの男女が集まっていた。年齢層は若者から中高年までけっこう幅広く、五、六人ぐらいずつグループに分かれて、それぞれが車座になって何事か話し合っている。

ただ、残念ながら女性は四分の一ほどしかいない。それもおばさんが大半で、あわよくば若い女性との出会いがあれば、という下心も抱《いだ》きつつやってきたシゲキとしては残念だったが、それはまあ仕方ない。

さて、どうしたらいいんだろう。

勝手がわからず集会室の入口で立ち止まっていると、シゲキに気づいた初老の男がこっちにやってきた。

「自由にまざってください。ここで遠慮は無用です」

どうやら組合の世話役らしく、佐伯《さえき》と申します、と名乗った。その風貌《ふうぼう》たるや、アインシュタインのごとくぼさぼさに逆立った白髪《しらが》に白い口髭《くちひげ》を生やし、ラクダ色のネルシャツの胸元にはループタイを吊《つ》り下げている。

「どこのグループにまざってもいいんですか？」

シゲキは尋《たず》ねた。

「もちろん。挨拶《あいさつ》とかそういう堅苦《かたくる》しいことは抜きで、好きな車座グループにひょいとまざるのがここの流儀です」

皺《しわ》の寄った目尻をさらにクシャクシャにして佐伯氏は微笑《ほほえ》む。

「うーん」

ちょっと迷った。どこにまざったものか決められなくて集会室を見回していると、佐伯氏にたたみかけられた。

「適当でいいんですよ。とりあえず目についたところにまざってみて、合わないと思ったら別のグループに移ってもよし、自分で新しいグループを作るもよし、とにかく行き来は自由ですから、まあリラックスして楽しんでいってください」

ぽんと背中を叩《たた》かれて急に気が楽になった。

そういうことなら、座敷の奥まったあたりで賑《にぎ》やかに議論している若い男性グループにまざってみよう。年齢もシゲキに近そうだし、話しやすい気がした。

佐伯氏から言われた通り、挨拶も何もなしに、そっと車座の隅《すみ》っこに腰を下ろして議論に耳を傾けた。ちょうど正面で胡坐《あぐら》をかいている髪を七三に分けた男が、自分の意見を述べているところだった。

「だけど小便器の前に立ったら、まずはベルトのバックルと前ボタンを外してからジッパーを引き下ろす、っていうのがふつうだと思うんですね。だってズボンをべろんと開け放った状態で、のびのびと排尿したほうが気持ちいいじゃないですか。実際、公衆トイレとかで観察していると、〝ズボンべろん派〟ってけっこう多いですし」

すると右隣のロン毛の男が口を開いた。

「つまり、ベルトと前ボタンは外さずジッパーだけ下ろした隙間《すきま》からイチモツを取りだす〝隙間取りだし派〟は、案外、減ってきていると？」

「そう、そうなんです」

「となると、パンツはどうなるんだろうね。せっかくズボンの前を開け放ったのに、あえてパンツの前窓からごそごそとイチモツを取りだす〝ズボンべろんパンツ前窓派〟も、たまに見かけるけど」

「それは完全なる少数派でしょう」

七三分け男が即座に首を横に振ると、

「ぼくもそう思いますね」

左にいる小太りの男が大きくうなずいた。

「なにより、ズボンもパンツも両方ともべろんと引き下げてイチモツを取りだしたほうが解放感がありますからね。ぼくの場合、そうしないと腹が苦しいってこともあるし、やっぱり〝ズボンパンツ両方べろん派〟が主流だと思うなあ」

そこに茶髪の男が口を挟《はさ》む。

「けどやっぱ王道は〝ズボン隙間パンツ前窓派〟だと思うんすよ。いちいちズボンとパンツをべろんと下げるのはめんどいし、ジッパーだけ下げてパンツの前窓からひょいって取りだせば、すぐ小便ができてラクじゃないすか。おれの友だちもマジでそれっすから」

これには角刈り頭の男が反論した。

「ただ、その後のことを考えると、どうだろう。ズボンパンツ両方べろんのほうが、放尿し終えてイチモツを振って水切りをするときに、やりやすいと思うんだよな。ぶんぶんぶんと思いっきり振れるし」

「でもそれは、ジッパーを下げてパンツの前窓から出してもぶんぶん振れるじゃないすか」

　茶髪男が言い返した。

「いやいや、そういうことじゃなくて、ジッパーを下げてパンツの前窓からイチモツを取りだして振ると、尿がまわりに飛び散ってズボンについちゃう可能性があるんだよね。だから、つい遠慮がちに振ることになるから、水切りもいまひとつになる。すると、どうなるかというと、イチモツをしまってから残尿がちょろっと出てきて、その尿がパンツからズボンまでじわっと滲《にじ》んできて気持ち悪いし、衛生面でも問題がある。だからそれを避けるためには、ズボンもパンツもべろんとやるしかないわけで、今後、高齢化社会が進んで尿漏《も》れ男が増えていくことも考え合わせると、絶対、そっちが多数派になるはずなんだ」

　角刈り男が決めつけると、

「ちょ、ちょっと待ってください」

　七三分け男が両手で制した。

「水切りについては、ズボンパンツの問題とは切り離したほうがいいと思うんですよ。別の問題もはらんでますし」

「別の問題って?」

「イチモツを上下に振るか左右に振るか問題です」

「それは上下に決まってるだろう」

「そうとも限りませんよ」

「ぼくの場合は回転させてますけど」

「回転ですか」

「おれはしごくな」

「しごいちゃまずいでしょう、別の行為になっちゃうし」

だれかがたしなめると、七三分けの男がふとみんなを制して提案した。

「やはり水切りは水切りで、いろいろと論点をはらんでいる問題なので、ここはズボンパンツ問題に絞《しぼ》って、そこから片付けちゃいましょうか」

「ああ、それがよさそうだな」

角刈り男がうなずくと、ほかのメンバーも目顔で同意した。


これはいったい、どういうミーティングなんだろう。

シゲキは一人戸惑《とまど》っていた。なにしろ大の男たちが小便の所作について真剣な面持《おもも》ちで議論しているのだ。どうりで若い女性が少ないわけで、イチモツなんていう言葉をこんなに耳にしたのは初めてだ。

　酒の席で、こうした馬鹿話で盛り上がることはときどきあるが、車座のメンバーたちの手元にあるのはペットボトルのお茶や缶コーヒーだけだ。なのに、だれもが大真面目《おおまじめ》にイチモツべろんやら尿の水切りやらについて真剣に議論しているさまは、冗談で馬鹿話をしているとはとても思えない。

　なぜそんな馬鹿なことを話し合っているんですか？

　思わずそう聞きたくなったが、ここまで濃密な空気の中で聞いたら叱《しか》られそうだし、せっかく盛り上がっている議論に水を差してもいけない。

　困惑した挙げ句にシゲキは静かに中座し、さっきの世話役、佐伯氏をつかまえた。

「あの、あれってどういうことなんでしょう？」

　声をひそめて尋ねると、

「平凡を決めてるんですよ」

　さらりと答えてくれた。

「は？」

「ですから、この世で〝最も平凡な男の排尿の仕方〟は、どういうものか。それをみんなで議論して決めているんです」

　意味がわからなかった。

「言葉を換えれば、最も普遍的な男の排尿方法を決めているんですね。人間たるもの十人十色《じゅうにんといろ》とはよく言われるところですが、よくよく突き詰めてみると思わぬ共通点があるものです。なぜかといえば、そもそも排尿行為の目的はひとつですから、どこかしらに間違いなく普遍的な共通点がある。その普遍的な部分だけを丁寧《ていねい》に抽出《ちゅうしゅつ》していけば、必ずや、最も平凡な排尿方法が特定できるはずなんです」

「ていうことは、別のグループもみんな排尿について話し合っているわけですか」

おばさんたちもイチモツなんて言葉を口にしているんだろうか。

「いえいえ、テーマはグループごとにまったく違います。たとえばそこにいる年配者のグループは〝最も平凡なバスの乗り方〟。その向こうは〝最も平凡な犬の散歩〟。こっちの若手は〝最も平凡なご飯の奢《おご》られ方〟。それぞれのグループが、それぞれのテーマについて徹底的に議論した上で、そのテーマの〝平凡〟を決めているわけです」

ほかにも〝最も平凡な箸《はし》の上げ下ろし〟、〝最も平凡なセックスのやり方〟、〝最も平凡な耳垢《みみあか》の取り方〟、〝最も平凡な謙遜《けんそん》の仕方〟、〝最も平凡な平謝りの仕方〟などなど、テーマは多種多彩にわたるという。

「けど、そんなことを決めてどうするんですか」

「各々《おのおの》のグループが議論して決定した成果は、最終的にはデータベース化されることになっています」

「データベース化してどうするんです?」

シゲキが首をかしげると、

「まあいずれわかりますよ」

佐伯氏はにやりと笑った。

それからというもの、シゲキは毎週日曜日になると、自ら進んで区民会館の集会室に足を運ぶようになった。

なぜそうなったのかといえば、シゲキ自身もよくわからない。ただ考えてみると、平凡を決める、という奇妙な目的のために、見ず知らずの男女が真剣に議論しているへんてこな雰囲気が意外にも嫌いでなかったからかもしれない。平凡なシゲキだからこそ、平凡を突き詰める作業に惹かれた、ということだろうか。

しかも、最初のうちこそ興味があるテーマの車座グループに加わって議論に耳を傾けるだけだったが、何度か参加しているうちに、ただ黙って聞いているだけでは物足りなくなった。おれも発言したい、という気持ちが知らず知らずのうちに高まってきたことに自分でも驚いた。学校でも会社でも、わざわざ発言しようと思ったことなど一度もなかったシゲキにとって、初めての欲求といっていい。

実際、いざ議論に加わってみると、発言のタイミングや場の流れの読み方などが徐々に呑《の》み込めはじめ、それが嬉《うれ》しくてさらにのめり込んだ。自分にとっては未知なテーマにも積極的にチャレンジしたい気持ちが自然と湧《わ》き上がってきて、気がついたときには、あらゆる車座に飛び込むようになっていた。

勢い、議論するテーマは脈絡のないものばかりになった。〝最も平凡なシャワーの浴び方〟、〝最も平凡な食生活メニュー〟、〝最も平凡な車の選び方〟といったシンプルなものだけでなく、〝最も平凡な感情のもつれのほぐし方〟、〝最も平凡な棘《とげ》のある難癖のつけ方〟、〝最も平凡な霊の否定の仕方〟といった難解なものまで気が向くままに挑んでいった。

いざやってみると、実利や実効性だけを求められる会社の会議と違って、こんなに楽しい議論はなかった。平凡を決めるということは、逆にいえば非凡を精査することでもあるから、それぞれのテーマごとに世の中のさまざまな事象に頭をめぐらせてディテールを検証しなければならない。その一見、無駄とも思える思索や考察に、ひたすら全力を傾けるひとときが実に刺激的かつ心地《ここち》よかった。

女性の参加者が少ない理由も、ほどなくしてわかってきた。平凡組合はけっして女性を拒《こば》んでいるわけではないのだが、そもそも実利も実効性もない果てしない議論というものに多くの女性は興味が湧きにくいらしく、なかなか定着しないという。

とりわけ若い女性ほどその傾向が強いようで、そこはちょっと残念なところだったが、それでも、週一回のミーティングが終わると、また来週も出席したい、というシゲキらしからぬ前向きな気持ちになるから不思議だった。

そうこうするうちに三か月が過ぎた。

早いもので杉並部会のミーティング通いも十二回を超えた。何事もそこそこづくしの二十六年間を生きてきたシゲキが、ここまでひとつのことにのめり込もうとは自分でも信じられなかった。いまやメンバーたちともすっかり顔馴染《なじ》みになり、平日の会社帰りに連絡を取り合ってみんなで飲み会をやったりもしている。

そういうときは、みんなで決めた平凡を実行に移してみる遊びが定番化している。おしぼりで顔や首筋まで拭《ふ》いて若い女性に嫌がられる、とか、トイレに立つときは手刀《てがたな》を切りながら席を離れる、とか、別れ際《ぎわ》にはやたらとみんなで握手しまくる、とか、さりげない平凡を共有する瞬間が思いがけなく楽しい。

ときに、いやいや、それだとやっぱ平凡じゃないな、と酒場で再び論議になったりするのも一興で、そうした議論を深めるたびにメンバーの仲間意識も高まり、仕事のストレスが心地よく発散されていく。

これも金子のおかげだな、とシゲキは思う。もしあのとき新宿駅でばったり出くわさなかったら、いまもひたすら暇を持て余すサラリーマン生活だったに違いない。金子は多摩部会に出席していると言っていたが、いつか彼と一緒に平凡を議論してみたいもんだ、なんてことまで考えるようになっていた。

そんなある晩、当の金子から電話があった。

「熱心に通ってるみたいだな」

開口一番、笑いながら言われた。

多摩部会に出席しているメンバーからシゲキの噂《うわさ》を耳にしたそうで、ほらな、やっぱおまえもハマったろ、とからかわれた。

「いやおれも最初はびっくりしたんだけど、通いはじめたらガチでおもしろくなっちゃってさ。いいものを教えてくれたってマジで感謝してるよ」

素直に礼を言うと、金子としても満更《まんざら》ではなかったのだろう、

「そう言われるとおれとしても嬉しいんだけど、この際、ハマりついでにプレゼン会にチャレンジしてみたらどうだ?」

と水を向けられた。

「プレゼン会かあ」

シゲキは口をつぐんだ。車座グループで議論した成果をプレゼンして競い合う場がある、という話はメンバーたちからも聞いているが、実は、そう簡単にチャレンジできるものではない。プレゼン会への出場には三つの関門があるからだ。

まずは自分で考えた平凡テーマを設定し、車座グループのメンバーを集めなければならない。テーマ設定が悪いとメンバーが集まらないから、いかにみんなの気を惹き、かつ議

論して楽しいテーマを捻《ひね》りだせるかが第一の関門となる。

つぎに、いかに議論を仕切っていけるか、という第二の関門が待ちうけている。いくらテーマ設定がよくても、メンバー同士の議論を上手にリードしていけるスキルがないと、なかなか議論が深まらない。たとえば先日の小便の仕方を例にとれば、車座グループを仕切っていた七三分けの男が議論の途中で、

『ここはズボンパンツ問題に絞って、そこから片付けちゃいましょうか』

とリードしたことで、さらに議論が白熱した。つまり、その場の空気を的確に読みつつ、論点をしっかり把握《はあく》した上で仕切ってこそ成果が上げられるわけだ。

こうして議論を収束させたところで、最後の関門、報告書をまとめなければならない。大学時代の論文よろしく、きっちりまとめ上げた報告書をプレゼン会実行委員会に提出し、厳しい書類審査を通過して初めてプレゼン会にノミネートされる段取りになっているだけに、これもまた手を抜けない。

とまあ、ひと口にプレゼン会に出るといっても、これだけの関門が立ちはだかっている。気楽に議論に参加して好き勝手に発言しているときとは別次元の努力が求められるわけで、組合活動が楽しくなってきたシゲキとしても興味を惹かれなくはないのだが、実際にやるとなると尻込みしてしまう。

「けど、おまえならやれると思うけどな」

金子が言った。

「できるかなあ」

「できる。このおれにもできたんだから絶対にできる」

「え、おまえもプレゼン会に出たことあるのか？」

「もちろん、何度も出た」

へえ、とシゲキは目を見開いた。金子がそこまで熱心に組合活動に取り組んでいるとは思わなかった。

「なんだよ金子、そんなこと全然言ってなかったじゃん」

「初心者には言わないよ。一度集会室に行っただけで馬鹿馬鹿しいってやめちゃうやつもけっこういるからさ。平凡組合の本当のおもしろさを理解したやつじゃないと、プレゼン会の話なんかしてもしょうがないし」

「ちなみに、つぎのプレゼン会はいつなんだ？」

「東京地区は三か月後だ。おまえの噂を耳にしたメンバーも言ってたけど、おまえだったら、いまからちゃんと準備すれば出られると思うんだよな。杉並部会には佐伯さんっていう世話役がいるだろ？　彼に相談しながらやればまず大丈夫だと思う」

「ただ、もし東京地区のプレゼン会に出たとすると、つぎはどうなるんだ？」

たとえば全国大会があるとか、その先のことはまだ聞いたことがない。

「それは」

金子は一瞬、口ごもってから、はぐらかすように言った。

「まあ、いずれわかるよ」


せっかくだから出てみようか。

金子に背中を押された翌日、シゲキは東京地区のプレゼン会への出場を決めた。ただひたすら漫然と生きてきたおれが初めてのめり込んだ組合活動だけに、その先のことはともかく、思いきってチャレンジしてみよう、と自分を奮《ふる》い立たせた。

それからの三か月間は怒濤《どとう》の日々だった。

まずは金子のアドバイスに従って、世話役の佐伯氏に相談しながら新たな平凡テーマを捻りだし、ミーティングのたびに車座グループを募《つの》り、メンバーをリードしながら議論に議論を重ねて渾身《こんしん》の報告書をまとめ上げた。何をやってもそこそこだった自分が、ここまで積極的に行動できるとは思ってもみなかったが、これだけ努力してきたからには、いけるかも、という自信もついてきた。いっちょやったるか、とばかりに期限ぎりぎりまで粘《ねば》って東京プレゼン会実行委員会に報告書を提出した。

すると翌週、書類審査を通過しました、と連絡が入った。

「いやたいしたもんだねえ」

これには佐伯氏も手放しで喜んでくれて、杉並部会の星だとばかりに、ミーティングのときもみんなを集めて称賛してくれた。

そして二週間後、いよいよ東京プレゼン会の当日を迎えた。ここまできたら頑張るだけだ。シゲキは意を決して都立文化会館小ホールへ向かった。

小ホールといってもキャパシティは六百名もあるというから、シゲキにしてみれば前代未聞の大舞台といっていい。集合時間は午前九時だったが、気合いを入れて三十分以上も前に会場に着いてしまった。なのに、いざ会場に入ってみると、都内二十のエリアから集まった男十六人と女四人、合わせて二十人のプレゼンターが全員揃《そろ》っていた。気合いを入れているのはシゲキだけではないらしく、早くも激戦を予感させられる。

各エリアのプレゼンターには一人当たり十分の時間が与えられ、すでに提出した報告書の内容を簡潔に発表しなければならない。それを五人の審査員が評価した結果、優秀なプレゼンターには栄誉と賞金百万円が授与されるそうだが、この手の勝負はシゲキ史上初めてとあって、いつになく緊張が高まる。

シゲキのプレゼンは十番目と発表された。ちょうど中盤でダレやすい頃合いではあるけれど、そんなことは言っていられない。詰めかけた観客と審査員に精一杯アピールするのみだ、と腹を括《くく》り、ほかのプレゼンターの発表には一切耳を傾けず、控室にこもりきりで出番を待った。

今回、シゲキがプレゼンするテーマは〝最も平凡な男子の吉乃家《よしのや》牛丼の食べ方〟だ。平凡な男子は吉乃家の牛丼をどう注文し、どう食べ進むべきなのか。紅生姜《べにしょうが》はどれだけの分量を、いつ食すべきなのか。七味唐辛子はかけるべきか、生玉子は必要なのか、味噌汁《みそしる》、とん汁、けんちん汁のうちどれを注文するのか。つゆだく、頭大盛《あたま》り、つめしろ、といった特別注文はありなのか。などなど、吉乃家牛丼の平凡を究《きわ》めようとすると、男子ならだれもが口を差し挟みたくなる諸問題が数限りなく浮上してくる。

それだけに、集会室で議論したときも大いに盛り上がった。ふだんは五、六人のメンバーが集まればいいところなのに、このテーマに限っては十人近いメンバーが集まる人気テーマとなり、毎回激論が闘《たたか》わされた。

最終的にまとめ上げた報告書も、ディテールにこだわった傑作、とメンバーから絶賛され、ゆうべ居酒屋で開いてくれた壮行会でも、これなら勝てるぞ、と全員から激励《げきれい》された。あとは本番のプレゼンでトチリさえしなければ、まずもって観客と審査員の心を摑《つか》めること間違いない、とシゲキは自負している。

「続いては、エントリーナンバー十番のプレゼンです」

女性司会者に呼び込まれて晴れのステージに立ったシゲキは、ひとつ深呼吸してからパワーポイントのスライドをスクリーンに投影し、いまは亡きスティーブ・ジョブズのごとく両手を広げて語りだした。

「さてみなさん、吉乃家牛丼の最も平凡な男子の食べ方は、店に入ってカウンター席に腰かける直前に、並！　ときっぱり注文することからはじまります」

味噌汁、お新香《しんこ》、生玉子は給料日以外の日に頼んではならない。デフォルトの並を味わってこそ最も平凡な男子であり、つゆだくその他のマニアックな注文もあえてしない。ただし、朝の時間帯、午前六時から午前十時までに限っては、二日酔い対策のために味噌汁の注文のみオッケーとする。

注文が通るなりお茶を出されるから、まずは喉慣《のど》らしにズズズッと啜《すす》る。その直後にスピーディに並が着丼《ちゃくどん》するから、すかさず紅生姜の蓋《ふた》を開けてミニトングでひと摑みだけつまみ上げ、丼の正面奥に安置する。

ここで初めて樹脂製の箸を手にして、手前右側の牛肉と玉葱《たまねぎ》をひとつまみして口に放り込み、間髪《かんはつ》を容《い》れずその下のご飯をすくって追いかけるように食べる。このひと口はあくまでも試食兼前菜的な位置づけだから、全八十五グラム中の五グラムだけ食べる。しかも肝心《かんじん》なのは、この段階では丼を手にしないことだ。最初のひと口を咀嚼《そしゃく》して呑み込み、よし、と納得したところで、いよいよ丼を手にして〝本食〟にかかる。

ここからは牛肉とご飯を同時にかっ込むのが基本となる。試食兼前菜で食べた部分の右側に箸を突き立て、牛肉とご飯をごっそり二十グラム、ガフッと口に押し込む。以後、この繰り返しでガフガフガフと食い進んでいく。

　玉葱は随時《ずいじ》、牛肉の三割を目安にして一緒にかっ込むのだが、その際、牛肉とご飯のバランスに留意を怠《おこた》ってはならない。肉好きだからと牛肉を食べ過ぎて終盤にご飯と玉葱のみ残るような失態は断じて許されない。さらに総量の三分の一をかっ込み終えて咀嚼している合間に、丼の正面奥に安置した紅生姜を半分だけつまんで口中に追加し、肉汁と甘辛ダレのしつこさの中和も図《はか》らなければならない。

　残りの紅生姜は最後まで取っておく。総量の四分の三あたりでふと魔がさして手を出した日には平凡が台無しになる。ここはお茶でお茶を濁《にご》して、最後にひと口だけ残しておいた牛肉をご飯と紅生姜とともに一気にかっ込み、これにて牛丼並六百六十九キロカロリー完食！　とけじめをつけたら、あとは名残《なごり》を惜《お》しんで咀嚼しながら楊枝《ようじ》を口の端に挟んで席を立ち、速攻で店員に五百円玉を手渡す。すぐに返ってくる釣銭百二十円を素早くズボンのポケットに突っ込んで店を出たら、その直後に咀嚼を完了し、ごくりと呑み下す。

「この注文から呑み下しまでの所要時間は二分三十秒を理想とし、万が一、不慣れな新人バイト店員がいた場合には最長三分までが許容範囲として許されます。また、その後に楊枝で歯をシーシーする時間は食の所要時間には含まれないため、結果的に、最も平凡な男子の吉乃家牛丼の食べ方は、二分三十秒から三分で大団円、と結論づけた次第であります。以上、ご清聴、ありがとうございました！」

　声を振り絞って深々と腰を折った瞬間、シゲキは腕時計を一瞥《いちべつ》して安堵《あんど》した。ここまでできっちり九分五十八秒。規定プレゼン時間十分との誤差はわずか二秒だった。

途端に観客席から拍手が沸き起こった。

そればかりか、やがてそれは会場全体を揺るがすほどのスタンディングオベーションに移行した。舞台の袖《そで》に引っ込んでからも、いや素晴らしかった、とほかのプレゼンターたちからも握手を求められたほどで、思いがけない称賛の嵐にシゲキは舞い上がった。

この反響は当然ながら審査にも反映された。予想以上の出来だっただけに、何らかの賞はもらえるだろうと密《ひそ》かに期待はしていたが、審査結果は、最優秀賞。プレゼン会に初挑戦してまさかのトップに輝き、まんまと賞金百万円を獲得してしまった。

受賞の翌日、平凡組合の関東支部と称するところから電話がかかってきた。関東支部長が受賞者各位に敬意を表したいので、ぜひご足労願えないか、と打診された。

関東支部なんて部署は初耳だったが、おそらくは平凡組合の上部組織なのだろう。一夜明けても絶頂気分が抜けないでいたシゲキは快諾《かいだく》し、指定された土曜日の午前中、いそいそと品川《しながわ》へ向かった。

品川駅から程近い、見上げるような高層オフィスビルの上層階に関東支部はあった。といっても、看板や案内板の類《たぐい》は一切ない。防犯カメラだけがやけに目立つオフィスフロアに降り立った来訪者は、エレベーターホールにぽつんと置かれている受付専用の内線電話から職員を呼びだす、というシステムになっていたが、それにしても豪勢なオフィスだった。シゲキが勤めている食品会社の年季の入ったビルとは大違いのモダンな内装に気後《きおく》れして、本当にここでいいのか、と内線電話をコールするときも不安になった。

「平凡組合です」

そう応答されてほっとした。やはりここで間違いないらしく、すぐに若い女性職員が現れて東京湾岸を一望できる見晴らしのいい応接室に通してくれた。

ほかの受賞者はいなかった。授賞式では準優秀賞二人に努力賞一人、さらに奨励賞も一人いたから、てっきり受賞者全員が招待されたと思っていただけに拍子《ひょうし》抜けしたが、そうと悟《さと》られてもいけない。

「それにしても、すごいオフィスですね」

ソファに腰を下ろしたシゲキは女性職員に笑いかけた。杉並部会はいつも質素な区民会館を借りているというのに、どこにこんな資金力があるんだろうと不思議に思った。

考えてみれば、これまでシゲキは会費というものをまったく払ったことがない。なのにプレゼン会には都立文化会館の立派なホールが用意され、トップに輝いたシゲキは百万円もの賞金を手にできた。安月給のサラリーマンにはありがたい話とはいえ、どこかに打ち出の小槌《こづち》でもあるんですか？　と冗談めかして女性職員に尋ねてみると、

「国がついてますから」

くすっと笑った。

「国？」

思わず問い返したところにスーツ姿の中年男性が入ってきた。

「いやあ、今回は本当におめでとうございます」

関東支部長の篠山《しのやま》です、と名刺を差しだされた。慌《あわ》ててシゲキが応接ソファから立ち上がろうとしたものの、

「まあまあ、お楽に」

篠山支部長は柔和《にゅうわ》に微笑み、きちんと櫛目《くしめ》の入った白髪まじりの髪を撫《な》でつけながらソファの向かいに座って続ける。

「しかし驚きました。あなたはまだ半年ほどのキャリアだと聞いていますが、いやたいしたものですねえ。あのプレゼンテーションには、ほとほと感心しました」

「とんでもないです。まだまだ駆けだしのくせに、いきなり最優秀賞なんかいただいてしまって逆に恐縮しています」

シゲキは頭を掻《か》いた。

「ちなみに現在は、どのようなお仕事を？」

「ふつうのサラリーマンです」

「広告代理店とかそういった会社ですか？」

「いえ、中堅食品会社の総務部で働いてます」

「それにしては堂に入ったプレゼンでしたよねえ」

「ビギナーズラックですよ。こういうのは初めてだったんですけど、とにかく楽しかったから、できちゃったのかもしれません」

実際、あの九分五十八秒は心から楽しいひとときだった。これまでにない緊張感も味わったものの、おれにはこういう一面もあるんだ、と自分としても意外な発見だった。

「その意味でも、ひょんなことから平凡組合と出会えて、つくづくよかったと感謝しています。ありがとうございます」

素直に礼を言うと、篠山支部長はふと表情を引き締めてまた聞く。

「ちなみに、この半年、平凡というテーマをじっくり議論してみて、いかがでした？　初めての方には、なかなか溶け込みにくいところもあったと思うんですが」

「いえ、ぼくにとってはとてもおもしろい体験でした。もちろん最初は、平凡なことを考えるなんて馬鹿馬鹿しい気もしてたんですけど、いざメンバーたちと本気で議論してみると、平凡を考えることって実は非凡を考えることなんですね」

「ほう」

「あらゆる非凡を検証し尽くさないことには、平凡は見いだせない。その検証過程がすごく楽しいと気づいてからは、すっかりハマってしまいました」

「なるほど、素晴らしい。わずか半年にして、よくぞそこまで喝破《かっぱ》しましたね」

「喝破というほどのことでも」

また頭を掻いていると、篠山支部長が身を乗りだした。

「はっきり言って、ふつうは、なかなかそこに気づけないものなんですよ。世間では平凡というものが悪いことのように言われるじゃないですか。しかし、実は平凡ほど合理的な状態はないと思うんですね。牛丼の食べ方は何千通り何万通りあるけれど、その中で大半の人がやっている食べ方というのは、それが一番食べやすいからみんなそうしているわけで、すなわちそれが一番合理的な食べ方だと規定していいのではないか。言い方を換えれば、数多《あまた》の非凡を徹底的に削《そ》ぎ落として平凡を追求していけば、人間が最も合理的に生きていくためのテンプレートを作れるのではないか、と」

「ああ、確かに」

言われてみれば、なるほどだった。

いつだったか雑誌か何かで、美人顔というものは最も平凡な顔のことだ、という記事を読んだことがある。たとえば目の位置についていえば、左右に離れた目もあれば、吊り上がった目もあれば、垂《た》れ下がった目もあるが、それらの平均値をとった位置についている目こそが、いわゆる美人の目だというのだ。

それは顔の輪郭にしても、鼻の形にしても、口の大きさにしても同様で、すべてのパーツについて全女性の平均値に整えた顔こそが、一般的には美人顔だと言われている。つまりは最も平凡な顔だからこそ、だれもが美しいと感じるというわけだが、篠山支部長の話は、それと相通ずるのではないか。以前のシゲキにとって平凡とは、ぱっとしないネガティブなことでしかなかったが、ここにきてようやく、平凡だからこそ美しい、という概念を身をもって実感できるようになった気がするのだ。

「ですから、ぼくにとってこの半年は、平凡ということの奥深さを教えられた半年でもあったと思うんですね」

そう振り返った途端、不意に篠山支部長がソファから立ち上がり、

「それがわかったのであれば、これ以上、きみと話す必要はなさそうだね」

にんまりと笑って握手を求めてきた。

一瞬、え？　と思いながらも握手に応じると、追って連絡します、と篠山支部長は言い置いて、さっさと応接室から出ていった。

その晩は、久しぶりに金子と飲むことにした。関東支部からの帰宅途中、金子のほうから電話がかかってきて、二つ返事で誘いに乗った。

所用のためプレゼン会には来られなかった金子に、最優秀賞受賞の喜びをじかに伝えたかったからだ。と同時に、国がついてますから、と関東支部の女性従業員から言われた平

凡組合の資金源は、どこにあるのか。篠山支部長が最後に握手を求めてきたのは、どういう意味なのか。そうした率直な疑問を金子にぶつけてみたくなった。

「せっかくだから、ゆっくり祝杯を挙げられる店に行こう」

金子の提案で赤坂《あかさか》にある日本料理屋へ向かった。

いざ到着してみると、そこは黒塀で囲まれた高級を絵に描いて金粉をまぶしたような店構えで、とてもじゃないがシゲキのような若いサラリーマンが出入りできるような店ではなかった。これにはビビって店の前で立ちすくんでいると、今夜はおれの奢りだから心配すんな、と金子は笑いながら店内に入っていく。

すかさず現れた着物姿の仲居さんが、茶室のような造りの個室に案内してくれた。掘りごたつ式の座卓には、すでに前菜や飲み物が用意されていて、早速、ビールで乾杯した。

「いやあ、こんな個室で飲むなんて初めてだよ」

グラスを置いてシゲキがきょろきょろ個室の中を見回していると、金子がふと声をひそめた。

「内定したらしいぞ」

「え？」

「こう言っちゃなんだけど、声をかけてみるもんだよな。おまえがここまで化けるとは思わなかったよ」

満足そうに笑っている。シゲキには何を言われているかさっぱりわからなかったが、かまわず金子は続ける。

「おまえがプロジェクトメンバーに内定したって連絡があったんだ。まさかたった半年で射止めるとはなあ。知ってるか？　プロジェクトメンバーに抜擢《ばってき》される確率は〇・一パーセント未満なんだぜ」

目を細めてビールを注《つ》ぎ足しながら言葉を継《つ》ぐ。

「とりあえず会社は辞めたほうがいいな」

「なんだよ急に」

「急でもなんでも、名誉ある内定をもらったんだ、辞めるっきゃないだろうが」

「ひょっとして転職ってことか？」

「そうだ。正式名称は『平凡組合プロジェクト推進機構』、略して〝平プロ機構〟のプロジェクトメンバーにおまえは内定した。こんな大抜擢はめったにないんだぞ」

平プロ機構とは二年前に発足《ほっそく》した少数精鋭《せいえい》の特殊法人で、現在のところプロジェクトメンバーは二十八人しかいないという。その中でも東京地区から選ばれたのは、この二年間を通して三人目。しかもこれは、プレゼン会で受賞しただけで抜擢されるものではなく、部会での日常活動も加味した総合的な評価によるものだそうだ。

「特殊法人っていうと、国の関係機関ってことか？」

国がついてますから、とはこういう意味だったらしく、となると、資金源も国だったということになる。

「で、そのプロジェクトメンバーってやつは何をやるんだ？」

「それは、やっぱその、平凡組合のプロジェクトを推進するんだろうな」

「まんまじゃん」

「いやすまん、実は、それ以上のことは知らないんだ。本当のことを言うと、おれの役目はあくまでもリクルーターなんで」

こいつならいける、と見込んだ人間を平凡組合に勧誘して、その人間をより高いステージまで引き上げる。それが金子の役目だそうだが、いまさらそんなことをカミングアウトされてもキツネにつままれた気分だった。

「だけどおれは、牛丼の平凡な食べ方なんてことをまとめてプレゼンしただけの、平凡極まりない人間だぜ。なんで国の関係機関が雇《やと》ってくれるんだよ」

「それは違う。牛丼という些細《ささい》な日常の平凡を徹底的に突き詰めてみせた平凡な人間だからこそ、大役をまかせられる、と篠山支部長が認めてくれたんだ。おまえは知らないだろうが、今日はほかにも『最も平凡なサラリーマンのふだん着』で準優秀賞を取った三鷹《みたか》部会の四十代会社員と、『最も平凡な主婦の手抜き料理レシピ』で努力賞を取った葛飾《かつしか》部会
「まあそうなる」

の三十代主婦も篠山支部長と面談したらしいんだが、ぶっちぎりでおまえに白羽《しらは》の矢が立ったそうだ。こんなことはめったにないんだから、もっと喜べよ」

そう言われたところで、まだシゲキはキツネにつままれたままだった。

平凡の奥深さに触れたことで、これまでにない達成感を覚えたことは間違いないが、だからといって国の関係機関で何かできるかといえば、それはまた別の話だ。リクルーターの金子ですら説明できない未知の仕事のために、せっかく無難に勤まっている会社を辞めるなんてもったいない気がした。

「馬鹿かおまえは」

声を上げて笑われた。

「いいかよく聞け。ちんけな食品会社なんかと違って、平プロ機構の職員になったら安定確約の、みなし国家公務員なんだぜ。おまけに、プロジェクトメンバーに抜擢されたら、おまえの歳で年収一千万超えってんだから、それこそもったいねえだろうが！」

結局、説得されてしまった。

あっさり会社を辞めてしまって本当に大丈夫か、という不安はいまだに拭《ぬぐ》えないでいるものの、最終的には、みなし国家公務員にして年収一千万円超え、というパワーワードに負けてしまった。

三日後には会社に辞表を提出した。ひょっとしたら慰留《いりゆう》されるかもしれない、と心配しながら恐る恐る課長に差しだしたのだが、おお、そうか、とろくに慰留もされないまま淡々《たんたん》と受理されてしまった。

おれってしょせん、その程度の存在だったのか。改めて会社員としての影の薄さを痛感させられたが、逆に、その課長の冷淡さが新たな道へ踏みだす勇気とモチベーションを与えてくれた。

それからは早かった。自分が総務部員だっただけに退職手続きもさくさくと終わり、二週間後には平プロ機構の本部への初出勤日を迎えた。

平プロ機構のオフィスは、先日訪問した品川の関東支部と同じ高層オフィスビルの中にあった。ただし、関東支部よりもさらに上の最上階。眼下には東京湾に浮かぶお台場《だいば》とレインボーブリッジを望める素晴らしいロケーションに、ゆったりとしたオフィスがあった。

受付も関東支部とは違って専属の若い女性職員が座っていた。声をかけると、すぐ総務部に連れていかれたが、そのオフィスに入って驚いた。総務担当職員は十人ほどいるというが、シゲキの元職場の倍以上の広さがある。観葉植物やリトグラフがあしらわれた絨《じゆう》毯《たん》敷きのフロアに、パーテーションに囲まれた個人用のワークスペースが点々と配置され、その一画に造られた会議室もシティホテルのカフェテラスと見まごうばかりの設《しつら》えになっている。それはまるで、テレビでよく見るシリコンバレーのＩＴ企業を彷彿《ほうふつ》とさせる斬新《ざんしん》さで、平凡組合どころか非凡の極みとも言うべきオフィス空間だった。

会議室に通されておしゃれなチェアに腰を下ろして待っていると、

「総務部の吉井《よしい》です」

シゲキと同年代と思われる縁《ふち》なし眼鏡《めがね》をかけた男性職員がやってきた。

「まずは雇用契約など基本的な手続きをお願いします」

手早く何通もの書類を差しだされた。いったん持ち帰って読み込んでからにしますか？　とも聞かれたが、この手の書類は辞めた会社の総務部でもよく見ている。ざっと目を通して署名捺印《なついん》すると即座に職員証や名刺を渡され、瞬《また》く間にみなし国家公務員になれてしまった。

辞令も即座に発行された。

『平凡組合プロジェクト推進機構　本部　平凡化プロジェクト推進室勤務を命ず』

何をする部署なんだろうか。仕事内容に関しては、いまだに教えてもらっていないこともあって尋ねてみたが、

「それは後ほどわかると思いますので」

吉井は曖昧《あいまい》に答えただけで、では本部の中をご案内します、と席を立った。

早速、職員証を首から吊り下げ、吉井に先導されて平プロ機構の各部署を案内してもら

った。どの部署も総務部と同様にシリコンバレーさながらの斬新なオフィスで、挨拶回りも兼ねて、それぞれの職員に頭を下げて歩いたのだが、だれもが気さくに声をかけてくれた。以前の会社では、体育会系の部課長以下、ぴりぴりした雰囲気の部署も多かったのに、どの部署もやけにリラックスして仕事をしているように見える。

案外、いい転職だったのかもしれない、とシゲキは思った。これで年収一千万超えなんて夢のような話じゃないか。

最後に案内されたのは、平プロ機構本部のトップがいる理事長室だった。いつも忙しい人だそうだが、今日はたまたま在室しているそうで、いきなりそんな偉い人に会えるのか、と緊張しながら入室し、

「本日、採用されました、よろしくお願いいたします」

深々と腰を折って挨拶すると、

「おお、よくきてくれたね」

執務デスクに着いていた理事長が立ち上がった。

その顔を見て仰天《ぎようてん》した。杉並部会の世話役をやっていた佐伯氏だったからだ。ただし、アインシュタインばりに逆立った白髪と白い口髭こそ変わらないものの、いつものおじさん臭い風体《ふうてい》とは一変して、英国調のスーツでぴしりと決めて理事長にふさわしい貫禄《かんろく》と威厳を漂《ただよ》わせている。

勧められるまま応接セットのソファに座った。すると佐伯氏が、そうだ、篠山くんも呼んでくれるかな、と吉井総務部員に命じた。先日面談した篠山関東支部長は、理事長に次ぐナンバーツーだそうで、初日からツートップと相対《あいたい》するはめになってしまった。

「あの、なぜ理事長が部会に出ておられるんですか？」

篠山支部長を待つあいだ、シゲキは尋ねた。初めて出席した区民会館のミーティングで出会った世話役が、まさか組織のトップだとは、と素直に驚きを口にした。

「まあトップというものは、現場を知らなければ務まりませんからね」

佐伯氏は以前と変わらない柔和な笑みを浮かべた。理事長の務めとして、世話役を兼ねてこまめに現場に顔を出しているそうで、そんな折に、たまたまシゲキと出会ったのだという。

「そうだったんですか。ちょっと、ほっとしました」

一気に緊張が解《と》けたシゲキは、もうひとつ尋ねた。

「ちなみに、ぼくは何をすればいいんでしょうか。詳しい仕事内容は何も聞いていないので、正直、不安で」

杉並部会で相談に乗ってもらったときと同じ調子で本音をぶつけてみた。すると佐伯氏も当時と同じように、うんうんとやさしくうなずきながら答えてくれた。

「基本的には、杉並部会でやっていたことと変わりません。平凡というものを事細かく規定してくれれば、それでいいんですよ」

「あ、そうなんですか」

「ただし、これまでは日常の所作や行動、様式といったものを規定してきたわけですが、これからはちょっと違います。〝人格〟〝思想〟〝文化〟といった人間の内面にも大きく踏み込んでもらいます」

「人格、思想、文化、ですか」

よくわからなかった。シゲキが首をかしげると、佐伯氏は突如、眉《まゆ》を吊り上げたかと思うと、がらりと口調を変えた。

「そう、人格、思想、文化の平凡を事細かく規定して、この国の民《たみ》に根づかせる。それが我々、平凡組合プロジェクト推進機構に託《たく》された壮大なる使命である。そして、きみが配属された平凡化プロジェクト推進室は、その使命の根幹を支え、この国の行く末を決定づける極めて機密性の高い部署なので、その点は肝《きも》に銘《めい》じて命がけで職務を遂行してもらいたい」

よろしいかね、と威圧するようにシゲキを射すくめてきた。

篠山支部長が理事長室に入ってきた。

「お待たせしました」

静かに会釈《えしゃく》して佐伯氏の隣に腰を下ろす。続いて女性職員がコーヒーを給仕して下がったところで、

「ちょうど本題に入ろうとしたところだ」

佐伯氏は篠山支部長に告げ、改めてシゲキに向き直った。

「さて、いまの話だけでは、きみの頭の中はまだ混沌《こんとん》としているだろうから、話は前後するが、この平プロ機構が設立された背景から説き明かしていこう」

いいかね、と確認してから佐伯氏は続ける。

「現在、この国は完全に行き詰まっている。四十年ほど前にはアメリカの社会学者が『ジャパン・アズ・ナンバーワン』、世界一の国とまで称賛したこの国が、いまや疲弊《ひへい》しきってしまっている。その原因は、バブル崩壊やらリーマンショックやらに打ちのめされたために経済が萎縮《いしゅく》してしまったせいだとか、そこに政治の無策が重なったからだとか、巷間《こうかん》、あれこれ言われてきたが、我々の考えは違う。この国の行き詰まりは、従来型の国のシステムの破綻《はたん》に起因している。それを認識しないままに政治や経済に一時的なカンフル剤を打つ延命治療ばかり続けているから、さらに現状を悪化させる悪循環に陥《おちい》ってしまっているのだな。そこで我々は、根本治療を目論《もくろ》んだ。すでに破綻しているこの国のシステムを変えるためには、どうしたらいいのか。そう考えた末に導きだされた答えが、国のシステムを変えるためには、国の民を変えるしかない、という根本原理だ。なぜこの結論に

至ったかといえば、従来型の国のシステムを破綻させた原因はただひとつ、個性化教育にあると喝破したからだ」

わかるかね？　とシゲキの目を見据《みす》えるなり佐伯氏はズズッとコーヒーを啜り、ひとつ咳払《せきばら》いしてから言葉を継ぐ。

「個性化教育とは言うまでもなく、一人一人が持っている個性をいかに引きだし、いかに伸ばしていくか、というこの国の根幹をなしてきた教育理念だ。この理念が植えつけられたのは先の大戦後まもなくのことだが、これまでその弊害についてはまったく語られてこなかった。なぜ語られなかったかといえば、戦後の極貧時代から成り上がるには、さまざまな人間が、さまざまに試行錯誤を繰り返す必要があったため、個性化教育もそれなりに役立ったからだ。ところが、いざ極貧からの成り上がりを果たし、成熟した社会に至った結果、今度は逆に、その個性化が円滑《えんかつ》な社会運営を邪魔しはじめた」

いくら素晴らしい施策を打ちだそうとしても、バラバラの個性の人たちが、バラバラの意見を主張し合い、バラバラに行動して引っ掻き回すから、ちっとも理想通りに事が運ばない。端的に言えば、個性が理想の足を引っ張り続ける状況から抜けだせなくなってしまったんだな、と佐伯氏は言い添える。

「そこで我々は発想の大転換を図った。個性化の弊害をなくすためには、この国の民に個性化の対極をいく教育理念を植えつければいいのだ、と。そして行きついたのが、国民の

〝平凡化〟教育だ。これはけっして均一化や標準化ではない。均一化や標準化は意識を高いレベルに整えることもできるが、平凡化は違う。あくまでも平凡にしかならない。人格、思想、文化の平凡を事細かに規定し、そうと気づかれないうちに浸透させていけば、やがて国民は、ひたすら平凡な意識しか持てなくなる。そればかりか、平凡化された国民によって個性的な人間は自然と排除されていくから、そこまでいけば、時代は変わる。成熟社会にふさわしい理想的な国家に間違いなく変わる。そうは思わんかね？」

また問いかけてくる。

だが、シゲキは呆然《ぼうぜん》としていた。平凡化という言葉が、まさかこんなかたちで持ちだされようとは思わなかった。全国民を平凡化すれば容易に統制できるようになるから、この国は行き詰まりから抜けだせる。やけにもっともらしい理屈のように語られたが、温厚な好々爺《こうこうや》だと思っていた佐伯氏が、こんな考えに染まっていようとは空恐《そらおそ》ろしさを覚えた。

といって、それはおかしい、と即座に反発できない自分が情けなかった。どう考えても馬鹿げた話だとは思うのだが、せっかく年収一千万円超えの転職を果たしたのに、下手《へた》に楯突《たてつ》いて棒に振る気か、という悪魔の囁《ささや》きも聞こえてくる。

困った挙げ句に問い返した。

「ひとつ伺《うかが》いたいんですが、なぜ意識の高いレベルに整える均一化や標準化ではなく、わざわざ平凡化を目指すんでしょうか」

平凡化よりは、まだそっちのほうがましな気がする、と遠回しに異議を唱えたつもりだったが、

「兵隊にしやすいからだよ」

即答された。え、と声を漏らしそうになった。ところが、そんなシゲキの反応をどう肯《こう》定《てい》的に捉《とら》えたのか、佐伯氏はにやりと笑ってたたみかけてきた。

「結局のところ、経済の戦争であろうと、本物の戦争であろうと、命令一下、自分の頭で考えることなく言われるがままに動いてくれる兵隊を数限りなく生みだせる。平凡化にはそういう効能があるからね」

どうやったら、この場から逃げだせるんだろう。

いまやシゲキはそれしか考えられなくなっていた。ここが国の関係機関だなんて信じられない思いだが、このままここにいたらとんでもない事態に巻き込まれる。いくら平凡な生き方をしてきたシゲキにも、それぐらいの判断力はある。たとえ年収一千万円超えをふいにしようとも、こんなプロジェクトにはとても加担できない。

かつてない危機感に駆られて脂汗《あぶらあせ》を滲ませていると、それでも佐伯氏は得意げに言い募る。

「そもそも、この国の国民性は、個性化よりも平凡化のほうが向いているんだな。戦後か

ら一貫して個性化を叫んで頑張ってきたのが、その証拠じゃないか。頑張らなければ個性化が進まないほど、この国の民は平凡でいることを本能的に望んでいるというわけだ。そういえばきみは、平凡化された顔こそが美人顔だ、と篠山くんに語ったそうだが、それは国だって同じことだ。国民を平凡化してこそ国も美しく整うわけで、この平凡化が粛々《しゅくしゅく》と進んだ暁《あかつき》には、再びジャパン・アズ・ナンバーワンと称賛される日がきっと訪れる、と我々は信じておるんだよ！」

うっとりした面持ちで宣言すると、どうだとばかりにシゲキを見る。

反射的に俯《うつむ》いた。美人顔の話を国の話にすり替えるあたりが腹立たしいほど巧妙だったが、どう応じたものか当惑して押し黙っていると、

「で、実務的には今後、どのように平凡化を進めていくのかな」

佐伯氏は篠山支部長に問いかけた。プロジェクトメンバーの実務は篠山支部長が担当するらしく、説明してやれ、と促《うなが》したのだった。

「とりあえずの実務としては、先ほど理事長もおっしゃったように、すでに既存のメンバーが取り組んでいる人格、思想、文化における平凡を規定する作業をさらに進めていきます。それと並行して、データベース化し終えた平凡化のビッグデータを活用しつつ、国民の意識に自然なかたちで刷り込んでいく予定でいます」

「具体策としては？」

まだ押し黙っているシゲキに代わってまた佐伯氏が質問した。篠山支部長が答える。

「各種メディアを活用して〝空気〟を醸成《じょうせい》していきます。この国の人間は、世の中に醸成された空気に染まりやすいですからね。すでに一部で実験的にはじめているのですが、テレビの人気ドラマの脚本やバラエティ番組の台本などに理想の平凡像をちりばめさせて、人気俳優に演じさせたり、お笑い芸人やタレントにそれとなく煽《あお》らせたりしていきます」

「しかし、テレビは言うことを聞いてくれるものかね」

「大丈夫です。まずは平凡化プロジェクトにご賛同いただいている企業の提供番組からスタートさせていますが、いざとなったら、文句があるなら電波を止める、と恫喝《どうかつ》すれば脚本や台本ぐらいコロッと変えられます。続いて新聞、雑誌、書籍、そしてネットやSNSにも理想の平凡像をじわじわと潜《もぐ》り込ませていき、さらに街場では、全国津々浦々《つつうらうら》にある部会を通じて、直接浸透させていきます」

早い話が、平凡化に染めたあらゆるメディアや口コミを通じて、知らず知らずのうちに平凡化に傾倒し、平凡化を体現する人物に共感する空気でこの国が覆《おお》い尽くされるよう官民挙げて仕向けていくというのだ。

「なるほど。なかなかよく練られたアクションプログラムじゃないか。どうかね？　これならいけそうだと思わないかね？」

改めて佐伯氏に問いかけられた。

シゲキはそっと嘆息《たんそく》した。事態はここまで悪化しているのか、という絶望のため息だったが、しかし、佐伯氏は別の意味に捉えたらしかった。

「おや、話が壮大すぎて自信を失ったかね？　いやいや、心配することはない。わたしが見込んだきみなら、きっとやり遂《と》げられる。狭き門を勇躍突破してきた選ばれし者として、ここはひとつ自信を持って頑張ってくれたまえ！」


午前十一時半過ぎ、ようやく理事長室から解放されたシゲキは早めの昼めしを振る舞われた。

めしでも食わせて励《はげ》ましてやれ、と佐伯氏から命じられたのだろう、総務部員の吉井にビルの北側にある瀟洒《しょうしゃ》な職員レストランに連れていかれた。夜はダイニングバーに変身するという東京タワーが望める窓際の席に着いて、来客用の豪勢な松花堂《しょうかどう》弁当でもてなされたのだが、それでもシゲキは気が塞《ふさ》いだままだった。

佐伯理事長はシゲキが気後れしていると勘違いしていたが、結局、初出勤の当日に辞意を切りだす勇気は最後まで湧かなかった。ここはおれがいるべき場所じゃない。そう思いながらも、こうしてめしを食わせてもらっているおれってなんなんだろう。

「疲れましたか？」

箸を止めて考えていると吉井に問われた。シゲキは我に返り、冗談めかして応じた。

「平凡化を進める仕事と言いながら、オフィスはかなり非凡ですね」

歳が近い相手だけに気がゆるんだのかもしれない。つい皮肉を口にしてしまったが、吉井はひょいと肩をすくめ、

「要は、国を動かす立場にいる人間だけは非凡でなければならない、ということですよ。平凡極まりない自分に喜びを覚える人間を大量生産して、上に立つものが自在に操る。それでこそ理想の国ですからね」

事もなげに言った。同世代の吉井までもが平凡化思想に染まっていることに驚くと同時にがっかりしたが、この際、もうちょっと探りを入れたくなった。

「だけど、いつからこんな組織ができたんです？」

「一応は二年前ということになってますが、そもそもは財界からはじまったことなんですよ。この国の企業は、ごちゃごちゃと上に楯突く人間なんかいらないんです。企業を動かすのはひと握《にぎ》りの人間でいい。ひと握りの人間の言うことに黙って従う人間を安くこき使ったほうが儲《もう》かる。そんな考えに基《もと》づいて、何年前だったか政府に働きかけて、好きに雇って好きに切れる安価な非正規労働者を増やせるように法律を変えさせた。さらには、正規労働者も意のままに安く働かせられるように法整備を進めさせたのですが、それでも企業は満足しなかった。企業の欲にはきりがないですからね。そんなときに、だったら一般

国民を言われるがままに嬉々《きき》として働く人間に仕立て上げてしまえばいい、という画期的なアイディアが出てきたんですね。これが、国民を意のままに支配したい政府の思惑とも見事に一致した結果、平プロ機構が誕生したわけです」

得意満面の笑みを浮かべて説明され、かちんときた。義憤《ぎふん》を覚えた。この組織では上層部の人間ばかりか、現場の若手まで国の民を見下している。

「それっておかしいと思うんですよ」

初めてシゲキは反発した。吉井は一瞬だけ眉を動かしたものの、すぐに相好《そうごう》を崩《くず》した。

「最初はみんなそうなんですよ。ぼくも初出勤のときは戸惑ったものですけど、まあしばらく働いていれば慣れますよ。少なくともぼくたちは〝上に立つ側〟に入れたわけですしね」

諭《さと》すように言う。

「それってだれが決めるんですか？　上に立つ側と平凡化される側、だれがどうやって振り分けてるんですか？」

「それは」

吉井が言い淀《よど》んだ。すかさずシゲキは言い放った。

「ぼくは拒否します。こういうやり方は違うと思う」

最初は暇つぶしのお遊びだったつもりがなんとなく乗せられて、気がついたときにはここまで巻き込まれていた。しかし、もうこれ以上乗せられてはいけないと思った。平凡化される身にもなってみろ、と平凡に生きてきたシゲキだからこそ言いたかった。

ところが吉井は首を横に振る。

「拒否はできません。けさ、雇用契約書に署名捺印したじゃないですか」

平プロ機構の存在は国家機密に属するため、一度、このカラクリを知ってしまった人間は、いかなる理由があろうと拒否できないそうで、

「拒否した場合は、極刑も含む厳罰に処せられると第13条2項に明記されています」

脅《おど》しつけるように告げられた。極刑も含む、という言葉が、ずしりと響いた。契約書を持ち帰って熟読すべきだった。いまさらながら悔《く》やんでも後の祭りというやつだった。

さすがに言葉に詰まっていると、吉井がふっと微笑んだ。

「繰り返しになりますが、せっかくあなたも上に立つ側に入れたんです。気を取り直して一緒に頑張ろうじゃないですか。なにしろ、みんなのために死ね、と言われたら黙って死んでいく人間を大量生産しなければ、いずれこの国が死んでしまうんですからね」

子どもをなだめるように言い含めると、

「それでは、初日はここまでとします。明日からは通常勤務になりますから、どうかよろしくお願いします」

さっさと席を立ち、今日一日は来客扱いとばかりにエレベーターホールまでシゲキを先

導し、最後はドアが閉まるまでお辞儀をしてくれた。

悄然《しょうぜん》とした思いを抱えたまま高層オフィスビルの一階まで降りたシゲキは、防犯カメラが点在するエントランスを眺《なが》め渡した。

あのカメラは外からの侵入者だけでなく、内部の人間も監視しているのかもしれない。そう思うほどに、吉井から最後にかけられたプレッシャーがさらに重みを増す。

明日もまた、ここに出勤しなければならないのか。嫌悪《けんお》とも厭世《えんせい》ともつかない感情に見舞われながらビルを後にして、午後の陽《ひ》が射《さ》す品川の街を歩きだした。

そのとき、まだ首から職員証を吊り下げていることに気づいた。プラスチックの安っぽい職員証。手に取って見て、ふと疑念が湧いた。あれは本当に国家機関だったんだろうか。国家機密を扱う機関なら、いまどき顔認証や指紋認証で徹底管理するのではないか。となると、あれは何だったのか。ひょっとして初っ端《しょぱな》に疑った新手の新興宗教やらセミナーやらの本部ではないのか。ここに至るすべてが洗脳プログラムで、おれは取り込まれかけているのか。

わからなくなった。国家機関なのか。怪しげな団体なのか。いったい何が本当なのか。

混乱する頭に、さっきの忌《い》まわしい思いがフラッシュバックした。こんなもの！　と吐き捨てると同時に邪気を振り払うように職員証を引きちぎっていた。これが引き金になった。ずっとわだかまっていた何かがぷちんと弾《はじ》け飛び、気がつけば力まかせに職員証をへし折っていた。

もはやこみ上げる激情を抑えられなかった。こんなもの、こんなもの、と何度もカードを折り返して断ち割り、歩道沿いの生け垣に叩きつけるように投げ捨てるなりダッと駆けだした。

もうどうにでもなれだ。

逃げてやる、と思った。どこにどう逃げればいいのか、それはまったくわからなかったが、いま逃げなければ逃げられなくなる。そんな焦燥《しょうそう》感に突き動かされるように、歩道を行きかう通行人を右に左に避《よ》けながらシゲキは全力疾走《しっそう》した。

品川の駅ビルが見えてきた。さてどこへ行こう。まずは帰宅して荷物をまとめて、それからどうするかだ。歩をゆるめてふと考えはじめたそのとき、背後から車の急発進音が聞こえた。

え、と振り返ると一台の乗用車が轟音《ごうおん》を立てて歩道に飛び込んできた。女性の悲鳴が上がった。周囲の通行人が蜘蛛《くも》の子を散らすように逃げ惑っている。

ヤバっ、と泡を喰《く》ってシゲキも逃げかけたが、猛スピードで突進してくる暴走車にはかなわない。ガツンと激しい衝撃を全身に喰らったかと思うや、一瞬のうちに宙に撥《は》ね飛ばされた。

その瞬間、暴走車のハンドルにしがみついている老人の姿がシゲキの網膜に映った。いまどき多発している高齢者による突発的な事故なのか。はたまた、平プロ機構なる謎の組織の年老いた刺客《しかく》が襲ってきたのか。朧《おぼろ》げな意識の中で虚《むな》しい思いをめぐらせた刹那《せつな》、シゲキは頭から歩道に叩きつけられた。

逃げろ真紀《まき》

夫の大輔《だいすけ》が妙なことを言いだしたのは、初秋の晩、禁を破って酒を飲んで帰った直後だった。

リビングルームのソファにどすんと腰を下ろし、ネクタイをゆるめるなり赤ら顔を歪《ゆが》めてぼそりと呟《つぶや》いた。

「おまえ、ストーキングされてるだろう」

「あたしが？」

真紀《まき》は眉《まゆ》を寄せた。

「そうだ。このところ若い男につきまとわれてるだろう」

「何言ってるのよ」

思わず苦笑した。

「なんだ、マジで気づいてないのか」

「気づくも気づかないも、ストーキングなんてされてないわよ」

肩をすくめてもう一度否定した。未婚の若い娘ならまだしも、三十を過ぎた既婚女をだれがストーキングするというのか。

ところが大輔は引かない。

「いいや、とにかくおまえはストーキングされている」

けっして酒癖《さけぐせ》が悪い人ではない。酒は好きなほうだが、三十間近で結婚して五年、大輔が酔って荒れたことは一度もない。会社でも仕事一途《いちず》の真面目《まじめ》人間と評されている人だけに、今夜はいったいどうしたのか。禁酒の約束を破った後ろめたさを突飛《とっぴ》な話でごまかそうとしているのか、あるいは会社で何かトラブルでもあったのか。

今日からおれは禁酒する。大輔が宣言したのは三か月前、二人で病院に行った帰り道だった。五年経《た》っても子どもができないからか、このところ二人は倦怠期《けんたいき》ぎみだった。冷めきっていたわけではないが、どこか冷え込みを感じはじめていた時期だけに、大輔に無理を言って病院に出掛けたのだった。

「避妊なしで五年できないとなると、やはり不妊症が疑われますね。とりあえず夫婦ともにお酒はやめて、排卵日にきちんと合わせて頑張ってみてください。それでもだめなら精密検査をして本格的な不妊治療を開始しましょう」

このアドバイスに従って大輔は禁酒を宣言し、夜の妊活に励《はげ》んできたのだが、今日になって急にどうしたのか。

「今夜は疲れてるみたいだから早く寝たほうがいいわよ。明日も仕事でしょ」

真紀は穏《おだ》やかに促《うなが》した。素面《しらふ》のときに改めて話したほうがいいと思ったからだが、

「ひょっとしておまえ、脅《おど》されてるのか？」

真顔で問い返された。夫にばらしたら、ただじゃおかない。そう釘《くぎ》を刺されているんだろうと疑っている。

「だから違うんだって」

「おれには打ち明けてくれてもいいだろう。卑劣な脅しに屈してたら、向こうがますますつけあがるだけだ」

「とにかく違うの。あなた、今日はおかしいわよ」

「おかしいとはなんだ、妻の心配をする夫のどこがおかしい」

真紀はため息をついた。

そういえば今年も、ろくに夏休みも取れないまま初秋を迎えてしまった。根が几帳面《きちょうめん》な人だけに、さっさと仕事を片付けて休むということができないから、ストレスも溜《た》まり放題に違いない。そこに不妊のプレッシャーが加わって妙な妄想《もうそう》に取り憑《つ》かれたのではないか。

「ねえ、思いきって秋休みを取って、のんびり旅行でもしない？」

努《つと》めて明るく提案してみたものの、大輔は違う意味に受け取ったらしい。

「いいか真紀、一時的に旅先に逃避したところで、根本的な解決にはならないんだ。ストーカーってやつは、こっちが黙っていたり逃げようとしたりするほど、逆に燃え上がるらしいんだよな。世の中には人妻好きの男もけっこういるから、知らないうちにターゲットにされたのかもしれないが、きちんと対処しとかないと、いまに大変なことになるぞ」

わかったな、とすっかり据《す》わった目で睨《にら》みつけてきた。

翌朝、真紀は夜明け前に揺り起こされた。

何事か、と寝ぼけ眼《まなこ》で起き上がると枕元に大輔が立っていた。時計はまだ午前四時を回ったばかりだ。

「どうしたのよ、こんな朝早く」

真紀が声を上げると、シッ、と大輔は人差し指を口に当て、パジャマ姿のまま足音を忍ばせて寝室の窓際《まどぎわ》に歩み寄った。

息を詰めてそっとカーテンに手をかける。布地を揺らさないよう慎重にカーテンの合わせ目をずらし、一センチほどの隙間《すきま》を作ると、見てみろ、と真紀を手招きする。

「んもう、なんなのよ」

ぶつくさ言った途端、

「声が大きい」

小声で叱《しか》りつけられた。

仕方なく足音を忍ばせて窓際に行き、カーテンの隙間を覗《のぞ》いてみた。眼下には朝靄《あさもや》に包まれた狭い路地が見える。真紀たちの寝室はマンション二階の角部屋なのだが、路地は東側の外壁と平行して最寄りの私鉄、鮫島《さめじま》駅まで伸びている。

朝七時半を回る頃には、この路地が都心へ通勤する人たちで溢《あふ》れ返る。徒歩や自転車で鮫島駅へ向かって群れ進んでいく様子が窓越しに眺《なが》められる。結婚直後の五年前、このマンションに引っ越してきた真紀は、そんな通勤風景が妙に新鮮に感じられて、ほかの人たちにまじって出勤していく大輔の背中を毎朝のように見送ったものだが、早朝のこの時間帯は人っ子一人見かけられない。

そのとき、路地の先からヘッドライトを灯《とも》した自転車が走ってきた。時折、路地沿いの家に近寄っては離れ、近寄っては離れしながら、こっちへ向かってくる。

「あいつだな」

大輔が耳元で囁《ささや》いた。え？　と問い返すと、

「あいつがストーカーだよな」

確認するように呟く。まだ酔っているのかと思った。自転車に乗っているのは新聞配達員だったからだ。黒いジャージの上下を着た若い男性が、ごつい実用自転車の荷台に大量の朝刊を積み上げ、ときどきブレーキの音をキッと響かせながら沿道の家々に朝刊を配っ

ている。

「もうちょっと寝かせて」

真紀はカーテンから離れた。わざわざ人を叩《たた》き起こして冗談にもほどがある。

「そう言わずに、よく見てみろ」

腕を摑《つか》まれ、無理やり窓際に引き戻された。

自転車が近づいてきた。再びキッとブレーキ音を鳴らして路地の向かいに止まった。二階建てアパートの前だ。男性配達員はまずアパート一階の外廊下に立ち入り、三つのドアの投函《とうかん》口に朝刊を差し入れると、鉄製の階段をカンカン鳴らして駆け上がり、二階の外廊下に入る。

その瞬間だった。

「ヤバいっ」

大輔が押し殺した声で叫び、慌《あわ》ててカーテンを閉じた。

「どうしたのよ」

「やつがいま、こっちを見た」

興奮した面持《おもも》ちで荒い息をついている。

「見てなんかいないって」

「いいや、いま一瞬、こっちに視線を投げてきた。マジでヤバいな、気づかれたかもしれない」

「たまたま顔がこっちを向いただけよ」

「違う、あれは明らかに、おまえが起きてるかどうか確認したんだ。くそっ、まずいことになったな」

顔をしかめている。

新聞配達員がカンカンと階段を駆け下りる音が聞こえた。大輔がはっと顔を上げ、また思い詰めた表情で考え込んでいる。

ベランダに洗濯物を干し終えてリビングルームに戻ってくると、携帯電話の着信ランプが点滅していた。

結婚して以来、真紀は週に四日だけコールセンターでパートの仕事をしているため、洗濯はパートがない日にまとめてやっているのだが、今日はいつになく天気がいい。せっかくだからシーツや枕カバーなど寝具類も一緒に洗ってしまおうと頑張っていたら、結局、昼近くまでかかってしまい、着信に気づかなかった。

午前中のこんな時間に、だれだろう。確認してみると大輔からだった。しかも洗濯している間に五回も着信が入っている。

何かあったんだろうか。不安になって慌てて折り返すと、

「何してたんだ、ちっとも出ないから心配してたんだぞ！」

いきなり怒られた。

「洗濯物を干してたから気づかなかっただけだって」

「洗濯物ってベランダにか？」

「ほかにどこで干すのよ」

「ダメだろう、そんな目立つところに出たら。やつに見られたらどうするつもりだ」

「やつって？」

「けさのやつだ」

「新聞配達員のこと？」

「そうに決まってるだろ。まさか下着を干したりしてないだろうな」

「干すわよ、下着ぐらい」

「すぐ取り込め、いますぐだ」

「何言ってるのよ。そんなこと言うために何回も電話してきたわけ？」

「そんなことって言い方はないだろう。うっかりブラジャーを干したばかりに相手を挑発して襲われた、なんて話はいくらでもあるんだ。すぐ取り込んでサッシをロックしろ。ちなみに、買い物のときに尾行されたり、スーパーで無闇《むやみ》に話しかけられたりしてないだろうな」

「そんなことないって。ていうか、あなた、何かあったの？　昨日からおかしいわよ、ストーカーだの襲われるだの」

「だからそんな能天気なことを言ってる場合じゃないんだよ。これからは電話にも気をつけろ。いまにしつこくかけてくるかもしれないから、知らない番号からの電話は即刻、着信拒否だ」

「新聞配達員があたしの番号を知ってるわけないじゃない」

「それが甘いんだ。いまどきは金さえ払えば住所から携帯番号を調べるぐらい朝飯前だ。試しにネット検索してみろ、すぐに業者の広告が出てくる」

「とにかくあの人はずっと配達してくれてる人で、ストーカーなんかじゃないの」

「ずっと配達って、そんな前から目をつけられてたのか」

「そういう意味じゃなくて」

うんざりした真紀は、ごめん、買い物があるから切るね、と告げた。いったん頭を冷やさせたほうがいいと思った。

「ちょ、ちょっと待て。ずっと目をつけられてたとなると、今日はおれが一緒にいたほうがいいと思う。いまから帰る」

「いまから？」

「そうだ。もし家に直接押しかけられたらヤバいだろうが」

「だからそんなんじゃないの」

　さすがに苛《いら》ついた。どう釈明しても、真紀がストーキングされていると思い込んでしまっている。それもこれも溜まりに溜まったストレスのせいかと思うと不安に駆られるが、そのとき、ふと思いついた。

「わかった。そんなに心配なら、すぐ帰ってきて。ただし、二週間休みを取って帰ってきてちょうだい」

「二週間？」

「そう。だってあたしと一緒にいれば安心できるんでしょ？」

「そんな急には」

「急でもなんでも、何回も電話してくる暇《ひま》があるなら、とにかく長期休暇を取って。ここ数年、夏休みもろくに取ってないじゃない。有休だって毎年消化できてないんだから、この際、仕事のことは忘れてしっかり休んでほしいの」

「いやしかし」

「ああそう、だったら別れよっか。あたしだってあなたのことを心配してるんだから、言うことを聞いてくれないなら一緒にいる意味ないし」

　最後は半分脅しつけるように言い放ち、さっさと電話を切った。

こうなったら、なんとしても旅行に連れだそうと思った。

ここ最近はサラリーマンの過労による心の病が増加の一途《いっと》を辿《たど》っている、とネットニュースでも特集されていたが、考えてみれば新婚旅行以来、二人でまともに旅行したことなど一度もない。それがいけなかったのだろう。ここまで病んでしまった大輔の心を癒《い》やすには、無理強《じ》いしてでも日常から切り離すしかない。

真紀はそそくさと服を着替えて、鮫島駅の駅ビルに入っている旅行代理店へ向かった。この時期、すぐに旅立てるツアーがあるかどうかわからなかったが、窓口のスタッフに相談してみると、何冊かパンフレットを出してくれた。いずれも今夜検討して明日申し込めば明後日《あさって》には出発できるそうで、まさに打ってつけのツアーだ。

とりあえずパートは向こう一週間、休みをもらえばいいから、あとは大輔の決断を待つだけだ。ほっとした真紀は、パンフレットを手に駅ビルの中のカフェに立ち寄った。大輔はすぐ帰ると言っていたが、突然の長期休暇となれば社内でごたつくだろうし、早く帰ったとしてもまず夕暮れどきのはずだ。たまにはゆっくりお茶していこう、と紅茶とサンドイッチを注文して、バッグに入れていた携帯をふと覗いてみると、着信と留守電が何件も入っていた。

『どうして電話に出ないんだ、またベランダにいるのか？』

『心配してる、返事をくれ』

『いま電車に乗るところだ。真紀、無事でいてくれ！』

『いま帰った。どこに行ったんだ、ヤバいと思ったらすぐ一一〇番して逃げろ！』

いずれも大輔からだった。しかも最後の留守電は帰宅直後に吹き込んだらしい。

慌ててサンドイッチをテイクアウトに変更してもらい、小走りでマンションに帰ってきた。

「どこ行ってたんだ！」

息せき切ってドアを開けるなり怒鳴《どな》りつけられた。あれから上司と同僚に掛け合って、二週間とはいかなかったが、どうにか八日間の遅い夏休みをもらって、飛んで帰ってきたのだという。

「ごめんね、二人で旅行しようと思って」

真紀はしゅんとして詫《わ》びて、『秋の北海道まるかじり旅』と題されたパンフレットを差しだした。

いまから旅行代理店にとんぼ返りして申し込めば、明日にでも出発できる。二人でのんびり旅して心身ともにリフレッシュしよう、と迫ると、

「ちょ、ちょっと待ってくれ」

大輔に制された。実はいま考えていることがあるという。

「何を？」

「詳しくはまだ言えない。だが、とにかく待ってくれ」

なぜか言葉を濁《にご》す。

ひょっとして、めずらしくサプライズでも用意してくれたんだろうか。だとしたら、とりあえず八日間の休みを取ってくれたことだし、ここは大輔に従ったほうがいい気もする。

迷った末に、真紀は旅行パンフレットを取り下げた。

ところが翌朝、別の意味でサプライズが待っていた。目覚めてみると大輔がいなくなっていたのだ。

コンビニに何か買いにいった可能性もなくはない、としばらく待ったが帰ってこない。携帯に電話しても繫《つな》がらない。結局のところ今日も会社に出勤したんだろうか。無理して長期休暇を取ったのも束《つか》の間《ま》、一夜明けたら仕事が心配になったんだろうか。

昨日はあれから早めの夕飯を食べて、食後はあえて恋人時代に好きだった恋愛映画のDVDを二人で観た。大輔は嫌がるかと思ったが黙って観てくれたから、この長期休暇をきっかけに過労のストレスも倦怠期ムードも吹き飛ばせるかもしれない、と淡《あわ》い期待を抱《いだ》いていたというのに、やはり、いまの大輔は尋常《じんじょう》ではなかった。

がっかりしながらも、真紀はいつも通りの一日を過ごした。会社に電話してみようとも思ったが、それはやめた。下手《へた》に騒ぎ立てて会社の人にあらぬ勘繰《かんぐ》りをされても藪蛇《やぶへび》だ。いろいろ考えた結果、ここは黙って待つしかないだろうと腹を括《くく》り、今夜も二人で夕飯を食べられるよう、いつもより手間をかけたビーフカレーを作って帰りを待った。

でも、それがいけなかったのか。夜になっても大輔が帰ってこない。それどころか、結婚以来、一度たりとも無断外泊したことがなかった大輔が、あろうことか何の連絡もないまま翌朝になっても帰宅しなかった。

何があったんだろう。

今夜ばかりは大輔ばりに何度も留守電を入れたくなったが、それは自制して苛々しながら待っているうちに、リビングのソファで寝入ってしまった。

気がついたときにはカーテンの隙間から朝の陽《ひ》が射《さ》し込んでいた。いつにない不安に駆られた真紀は、午前十時過ぎ、辛抱たまらず会社に電話した。

「すみません、山崎《やまざき》大輔さんはいらっしゃいますでしょうか」

妻とは言いたくなかったから、同窓会の連絡を取りたい、と学生時代の友人を装《よそお》った。

「昨日から遅い夏休みをいただいております」

女子社員から事務的に伝えられた。

会社には行っていなかった。となると、どこへ行ったのか。大輔の友人知人や実家の義父母に連絡することも考えたが、ひと晩帰らなかったぐらいで大騒ぎしても逆に恥ずかしい。じりじりしながらも、今日は肉ジャガを作って帰りを待った。ゆうべのビーフカレーもたっぷり残っているが、昨日も今日も、あたしは妻としていつも通りちゃんとやっていた、とわかってほしくて、あえて新たな料理を用意した。

今夜もまた料理が無駄になるかもしれない。正直、そんな予感もなくはないが、いまの真紀にはほかにどうしようもない。

こうしてまた一夜が明けた。案の定、大輔は帰宅しなかった。ひょっとして、これは行方不明事件なんだろうか。無断外泊も二泊目となると、今度は別の不安が湧《わ》き上がってくる。たとえば、長期休暇を取ったものの、このところ過剰なストレスにさらされ続けていた大輔は、発作的にすべてが嫌になって蒸発したのではないか。

だとしたら警察に届け出るべきだろう。最悪の事態に陥《おちい》る前に、行方不明者届を出してプロにまかせたほうがいい気もするが、でも、まだそうと決まったわけじゃない。うっかり警察に届けた直後に大輔が帰ってきたら目も当てられない。

じゃあ、どうしたらいいのか。

思いは千々《ちぢ》に乱れたものの、それでも、もう一日だけ待つことにした。もう一日だけ待って帰らなかったら、友人知人はもちろん義父母にも警察にも連絡しよう、と覚悟を決めると、真紀は背中を丸めてベッドに潜《もぐ》り込んだ。

ひょっこり大輔が帰ってきたのは、そんな翌朝だった。夜明け前に玄関から聞こえる物音に気づいて目が覚め、そっとベッドを抜けだして確認にいくと、ビジネスバッグを提《さ》げた大輔がいた。

「何してたのよ！」

思わずなじってしまった。大輔は一瞬、バツが悪そうな顔を見せたものの、すぐに表情を引き締めて聞く。

「やつから電話はなかったか？」

「あるわけないでしょ」

「無言電話もか？」

「それもない」

「マジか？　着信を見せてみろ」

「んもう、これでも信じないの？」

仕方なく着信履歴を見せて言い返した。

「そんなことより何してたのよ、どれだけ心配したと思ってるのよ」

すると大輔は一転して、

「まあちょっと座って話そう」

真紀の肩をぽんと叩き、リビングのソファにどすんと腰を下ろした。

仕方なく真紀も隣に座ると、大輔はビジネスバッグから手帳サイズのノートを取りだした。表紙には『佐々木亮太《ささきりようた》　行動記録』と書かれている。

「読んでくれ」

ノートを差しだしてくる。戸惑《とまど》いながらも表紙をめくると、日々の備忘メモのようなものがびっしり書き込まれていた。

【十月七日】午前六時十分
新聞配達を終えてコンビニにて鮭《さけ》弁当を購入し、鮫島駅の反対側、北口から徒歩十分の自宅アパート（本町《ほんちよう》二丁目四番、鮫島ハイツ一〇一号室）に持ち帰る。腹を満たしてしばし仮眠か。
【十月七日】午前九時五分
分別ゴミを手にアパートを後にして、ゴミ集積場で近所の主婦（三十代？）に挨拶《あいさつ》。愛想《あいそ》良し。鮫島駅まで変わらず徒歩十分。私鉄からJR京浜東北《けいひんとうほく》線電車に乗り換え、運よく座れて車中は居眠り。田町《たまち》駅に着くなり駅構内のトイレに駆け込む（大）。排泄《はいせつ》後、手は洗わず。歩きながら携帯で電話。
【十月七日】午前九時五十分
三田《みた》大学の法学部。ラウンジで一服した後、梶原慎吾《かじわらしんご》教授の民法の授業に出席。挙手して回答二回。授業後、欠伸《あくび》しながら出てくる。寝不足か。

【十月七日】午後零時十三分
昼休み。三田三丁目の洋食『鉄《て》っちゃん』へ。いつもの、と常連面《づら》して注文。大盛りカツカレー。カツの脂身《あぶらみ》は残す。三十代っぽい女性店員に冗談を飛ばし、嬉《うれ》しそう。トイレ（小）。手は洗わず。
【十月七日】午後一時三分
三田大学近くのカフェ。年上っぽい女性店員に笑顔で声をかけ、カフェラテのトールサイズ。しばし世間話に興じてから窓際のカウンター席に着いて、携帯で電話。相手は不明。真紀じゃないのか。
【十月七日】午後一時三十分
丹野《たんの》ゼミに出席。課題レポートを提出。丹野一郎《いちろう》教授から指導を受ける。「単位取得の目途《めど》はついたんだから、今後は司法試験の勉強に集中しなさい」。トイレ（小）。めずらしく手を洗う。携帯いじり。メールで真紀に口説き文句でも送りつけたのか。
【十月七日】午後二時五十分
大学の図書館にこもって司法試験の勉強。途中、男友だちと情報交換した以外は、ひたすら勉強し続ける。
【十月七日】午後七時十二分
田町駅前『げんこつラーメン』。大盛り豚骨麺《とんこつめん》ネギ多めとライス。スープを飲み干し、店主の若妻とじゃれ合うように世間話。好みのタイプか。
【十月七日】午後七時四十五分
京浜東北線。『週刊プレイメイト』の中吊《なかづ》り広告、熟女クイーンを凝視《ぎようし》。二駅目で座れて携帯いじり。またメールで真紀にアプローチか。
【十月七日】午後八時十五分
鮫島駅に到着。危うく乗り過ごしそうになり、慌てて降車。ホームの売店で『週刊プレイメイト』を購入。駅構内のトイレ（小）。手は洗わず。帰宅の道すがらまた電話。こんなにしつこく電話していいるとなると、相手は絶対に真紀だ。
【十月七日】午後八時三十分
本町二丁目のアパート着。集合郵便受けから郵便物と風俗店チラシを多数取りだし、角部屋の一〇一号室に入る。
【十月七日】午後九時五分
勉強机に齧《かじ》りついている影がカーテン越しに見える。また司法試験の勉強か。合間に無言電話もかけているんじゃないのか。
【十月七日】午後十一時八分
部屋の電気が消える。バイトに備えて早めに就寝か。
【十月八日】午前三時八分

部屋の電気が点《つ》いた。五分後には黒のジャージ姿でアパートを飛びだし、新聞販売店へ小走り。若干《じゃっかん》遅刻ぎみのため朝食は抜きか。四十分後、我がマンションをちらりと見る。また真紀の様子を確認したに違いない。

ここまで読んで真紀はノートを閉じた。不気味な記述の連続に耐えられなくなったからだ。ノートはあと二日分、十月九日まで続いていたが、とても読み進む気になれなかった。

「なんなの、これは」

「やつの行動記録に決まってるだろう」

やつとはあの新聞配達員で、名前は佐々木亮太というらしい。つまり大輔は、行方をくらましていた三日間、ストーカーでも何でもない彼の行動を探偵よろしく克明《こくめい》に監視して記録につけていたのだった。

「あたし、あの人から電話もメールもマジで受けてないし、なんでこんなことしてたのよ」

ついカッとなってノートを大輔に突き返した。

「なんでって、そりゃ向こうがその気なんだから、こっちだって自衛のためにきちんと対策しとかなきゃ、いつ何をされるかわかったもんじゃないだろう。犯罪は起きてからじゃ

「遅いんだ」

「まだそんな思い込みしてるの？　あたしはストーキングなんかされてないって何度も言ったじゃない」

「いいや、おまえこそ思い込みだ。たった三日間の行動を監視しただけで、やつは人妻や熟女が好みだと判明したじゃないか。新聞配達のついでにおまえをチラ見して帰って仮眠したようだが、寝しなにおまえをオカズにした可能性だってなくはない」

「もう、下品な想像はやめて。だいたい、なんで大学の授業中のことまでわかるのよ」

ただ尾行したぐらいで教授の発言までわかるわけがない。

「いまどきは、いろいろと便利な道具が売ってるんだよ」

大輔がビジネスバッグから見慣れないボールペンを取りだした。つい最近、秋葉原《あきはばら》で買ったペン型ＩＣレコーダーだという。

「ただし、これだと大学の教室とか図書館とかにしか仕掛けられないんだよな。だから今後はコンセント型の盗聴器も買って、隙を見てやつの部屋に仕掛けようと思ってる。で、ゆくゆくは超小型カメラも買うつもりだ。動画で押さえておけば、いざ警察に訴えるときも裁判になったときも有利だしな」

まあ見てろ、と得意げに鼻を膨《ふく》らませている。

真紀は言葉を失った。もはや常軌を逸《いっ》しているとしか言いようがない。空恐《そらおそ》ろしさを覚えながらも、一昨日《おととい》から残っている肉ジャガで遅い朝ごはんを二人で食べ、食器を洗ってリビングに戻ってくると、再び大輔がいなくなっていた。

いつ出掛けたんだろう。いくらなんでも、すぐいなくなるとは思っていなかったから油断していたのだが、そんな真紀の隙を突いて、こっそり出掛けたらしかった。

まったくもう。真紀は拳《こぶし》を握《にぎ》り締めた。大輔の異常さに気圧《けお》されて一度は黙ったものの、このままでは大変なことになる、と改めて食事中に食い下がったのがいけなかったのか。

「とにかくあたしはストーキングなんかされてないんだから、もう馬鹿なことはやめて」

何度となく諌《いさ》めたものの、妄想に取り憑かれた大輔は真紀の言葉を信じない。ストーキングとは言うまでもなく、しつこくつきまとったり、無言電話を掛けまくったり、執拗《しつよう》に監視したりする不法行為だが、そもそもが人目を忍んで行われるものだけに、

「おまえ、マジで気づいてないのか？　いいかよく聞け、おまえが気づいてないだけで本当にストーキングされてるんだ」

と強弁されてしまうと反論しようがない。なぜならば、あたしは何もされていない、という事実を証明したくても、何もされていない証拠などあるわけがないからだ。

「とにかくあたしは何もされてないの！」

真紀としては否定し続けるしかないのだが、皮肉なことに、否定すればするほど大輔の

目には、真紀がより巧妙かつ陰湿なストーキングに遭《あ》っているようにしか映らない。

それでなくても大輔には、三日分の行動記録ノートがある。これがストーキングされてる証拠だ、と突きつけられてしまうと話は一気に振りだしに戻ってしまい、あとは堂々めぐりに陥ってしまう。

いったい、どうしたらいいのか。真紀は頭を抱えた。おそらく大輔は再度、探偵気どりで佐々木亮太の尾行調査に出掛けたのだろうが、これでは無理して長期休暇を取った意味がまるでない。のんびり旅行して大輔を癒やすつもりが事態は深刻化するばかりだ。

「ねえ、どうしたらいいと思う?」

さすがに一人では抱えきれなくなって、高校時代の同級生、由奈《ゆな》に電話してみた。

由奈はいま夫と息子の三人家族で、真紀の自宅がある鮫島駅の二駅先で暮らしている。男前な性格の頼りがいのある友だちで、昔はよく恋愛相談に乗ってもらっていたのだが、いったん悩みはじめると出口を見失いがちな真紀を、いつも理路整然と諭《さと》してくれたものだった。

今回もまた、久々の電話だったにもかかわらず真紀の悩みを快《こころよ》く聞いてくれて、

「それって早い話が〝悪魔の証明〟ってやつだよね」

昔と変わらない男っぽい口調で言った。悪魔の証明とは、ないことをないと証明するのは不可能、という意味で使われる中世ヨーロッパ発祥の比喩《ひゆ》だという。

「由奈は学があるね」

「そんなんじゃないって。たまたまやってたアニメで知っただけ」

「てことは、あたしがストーキングされてないってことは証明できないわけだ」

「そういうこと。ただ、それより問題なのは、旦那《だんな》さんが、ないことをあると思い込んで自分がストーキングをはじめちゃったことだよね。だったら、ないことを証明しようとするよりは、旦那さんのストーキングをどうやってやめさせるか、そっちを考えたほうが早いかも」

「けど、うちの人がやってることもストーキングになるのかな」

大輔は新聞配達員に恋愛感情を抱いているわけではない。

「ストーキングは恋愛系だけじゃなくて、被害妄想系もけっこう多いみたいだし、行動記録ノートまで作ってるとなると、やっぱストーキングだよね。しかも尾行や盗聴、盗撮までやったらもう犯罪だし、早いとこなんとかしなきゃヤバいかも」

「だったら、どうしたらいいの？　もうあたしわかんなくなっちゃって」

たまらず泣きつくと、由奈はいつも通り冷静に続ける。

「まずは、なぜそんなことになっちゃったのか、そこから考えたほうがよさそうね。ちなみに最近、旦那さんに何か変わったことはなかった？」

「変わったことは、まあ禁酒ぐらいかな。お酒を控えて妊活を頑張ることにしたんだけど、それも今回、破っちゃったし」

「へえ、妊活してんだ」

「ていうか、ちょっと倦怠期っぽかったし、そろそろ子づくりしたほうがいいかなって、お医者さんに相談したの」

「だったら、それかも」

「マジで？」

「うちもすぐには子どもができなかったからいろいろ調べたんだけど、飲酒って女も関係あるけど、男の精子の数や動きにかなり関係するらしいんだよね。旦那さん、精子は検査した？」

「まだだけど」

急に生々しいことを聞く。

「もうやってるかもよ。妻に内緒で精子検査する夫もいるらしいし」

「そんなの夫婦で調べればいい話じゃない」

「ところが嫌がる男も多いらしいのよ」

自分が不妊の原因だったとしたら男の沽券《こけん》にかかわる。そんな古臭い意識からこっそり調べるのだという。

「で、調べた結果、自分に子種がないとわかったらどうなるか。妻に近づくほかの男に嫉《しっ》妬《と》しはじめたとしてもおかしくないと思わない？」

「まさか」

　真紀は笑い飛ばした。大輔の場合は、それよりもやはり心の病を疑ってしまう。

「もちろん、真紀がそう思うんならそれでいいけど、どっちにしても、旦那さんがいまヤバい状態なのは間違いないから、早急に対処したほうがいいと思う」

「警察に助けを求めるとか？」

「それはまだ早いかも。警察って事件化しないと動いてくれないから、まずは先方に危険を知らせたほうがいいんじゃないかな。盗聴までしてるんだったら、旦那さんの立場、かなりヤバいし」

「先方って新聞配達員？」

「そう。被害妄想系って下手すると悲惨な結末になっちゃうから、そうなる前に真紀が、ストーキングされてる人に知らせて、二人で旦那さんにわからせたらどうかと思って」

「けど、それだとますます大輔の嫉妬心を煽《あお》らない？　やっぱ新聞配達員とできてたんだ、って勘繰られかねないし」

「てことは真紀も、〝内緒で検査して新聞配達員に嫉妬してる説〟に立つってことね」

　皮肉っぽく言い返された。

「いや、そうじゃないけど」

「まあどっちにしても、とにかく、いま何か手を打たないとますますエスカレートしちゃうと思うのね。なんならあたしも付き合うから、一度、新聞配達員と話してみない？」

電話を切った途端、大輔という男に嫌気が差してきた。

まだ恋人だった当時も含めて、こんな気持ちになったのは初めてのことだ。

妻がここまで頭を悩ませて、友だちの由奈まで巻き込む事態になっているというのに、いま頃はまたしても異様な探偵ごっこをしているのかと思うと、あんな男となぜ結婚したんだろう、と嫌悪感に見舞われる。

といって由奈が言った通り、根が真面目な大輔のことだ、いま対処しないとさらにストーキング行為にのめり込んでいく気がするから、それだけは阻止《そし》しなければ、今後、どんな事態に陥るかわかったものではない。

「平日は朝八時に子どもを幼稚園に送ってるから、そのあとだったら付き合えるよ」

由奈はそう言ってくれた。大輔が調べた行動記録によれば、新聞配達員は午前六時に仕事を終えて自宅アパートで朝九時まで仮眠しているらしいとわかっている。朝八時過ぎなら彼のアパートを訪ねて事情を話せる。

それでも真紀には踏ん切りがつかなかった。早く対処しなければと思いながらも、そこまでやることだろうか、という気持ちも拭《ぬぐ》えない。

やっぱ、もうちょっとだけ待ってみよう。

残された休暇はあと四日。仕事熱心な大輔だけに、休暇の最終日には出社に備えて帰宅する気がする。由奈の心配もわからなくはないが、わずか三日で最悪の事態に陥るとは思えないし、大輔の帰宅を待って改めて膝詰《ひざづ》めで諭してみよう。それでもダメだった場合は仕方ない、由奈の力を借りて新聞配達員に接触してみるしかない。

その後も朝刊はきちんと配達されている。でも、あの彼が配達しているかどうかはわからない。大輔のことも彼のことも忘れていたくて、真紀は毎日ひたすらDVDを観ていたからだ。パート仕事は引き続き休みをもらって、近所のレンタル屋からアメリカのテレビドラマシリーズを山ほど借りてきて片っ端《かたっぱし》から観て夜更《よふ》かしし、未明に寝て昼前に起きだしてまたDVDを観る、という引きこもりのような毎日を過ごしていた。

こうして休暇の最終日を迎えた。今日も真紀は朝からDVD漬けだったのだが、午後一時過ぎになって予想通り大輔が帰宅した。

「おかえりなさい」

真紀は淡々《たんたん》と迎え入れた。いまさら逆上したところで無駄な喧嘩《けんか》をするだけだ。黙って大輔の反応を窺《うかが》っていると、そんな気持ちを知ってか知らずか、

「今回は電話してやったぞ」

大輔が得意げに言った。

「電話?」

「さっき鮫島駅前のコンビニで明太子《めんたいこ》パスタとウーロン茶を買ってたな、釣銭もらったときに手を滑《すべ》らせて小銭をぶちまけてたな、って言ってやったら、だれだおまえは！　ってあいつ、驚いてやがった」

いつのまにやら彼の携帯番号を入手したらしく、もし着信拒否されても学籍番号や実家の住所もわかっているから、まだまだビビらせてやれるぞ、と愉快そうに笑っている。

心底、ぞっとした。この人は自分がやっていることの意味がわかっているんだろうか。

「どうしてそこまでやる必要があるのよ」

つい声を荒《あら》らげてしまったが、大輔は動じない。

「どうしてって、そりゃ最初にストーキングしたのはやつのほうだからな。行動記録を取ることも大事だが、どうせなら、おまえが味わってる恐怖を味わわせてやらないことには、やつだって悪事を自覚しないだろう」

「だから彼はそんなんじゃないの」

「そんなんじゃないやつが、なぜおまえにつきまとうんだ」

「何度も言ってるけど、つきまとわれてなんかいないし、あなたの勘違いなの」

「やっぱそう言えって脅されてるんだな。おまえはやさしい女だから事を荒立てたくない気持ちもわからなくはないが、あの手の輩《やから》は、こっちが黙っているとそこに付け込んでくるんだ。ここは毅然《きぜん》と反撃しないと、やつの思う壺《つぼ》なんだ」

「だから違うんだって」

「いいや、違わない」

もはや夫婦の会話は擦《す》れ違うばかりだ。

明日からは一応、会社に出勤するつもりでいる大輔だが、

「仕事の合間にもちょくちょく無言電話を入れてやる。ここは安心しておれにまかせてお
け」

と正義の味方にでもなったつもりで意気込んでいる。

やはり由奈が言っていた通りなのかもしれない。いまや大輔は紛《まぎ》れもなく被害妄想系のストーカーと化している。

もう放っておけない。真紀は腹を決めた。このまま放っておいたら何が起きるかわかったものではない。

一夜明けた翌朝七時半、出勤していく大輔の後ろ姿を寝室の窓から見送った真紀は、よし、と自分に気合いを入れた。

けさはたまたま新聞休刊日だったからよかったものの、明日からはまた朝方に叩き起こされて騒ぎ立てられるに決まっている。今日のうちに先手を打っておこうと、ついに決断

したのだった。

まずは念のため、玄関ドアにチェーンが掛けてあることを確認し、リビングの隅《すみ》にある大輔の書斎コーナーへ向かった。書斎といっても、大輔が学生時代から使っている学習机にパソコンと本棚を置いただけのささやかなものだ。これまで掃除以外の目的で触ったことはないが、この際、きちんとチェックしておこうと思った。

最初にパソコンを立ち上げてみた。ところが、起動時にパスワードを入力する設定になっている。そういえばいつだったか、会社の仕事を持ち帰ったときのためだと言っていた。一応、大輔の綽名《あだな》や生年月日などを適当に打ち込んでみたものの、やはり開けない。

それならば、と学習机の引出しチェックにかかった。三段ある引出しを順に開けて調べていく。もともと何事も几帳面に記録しておく大輔だけに、書類やメモがぎっしり詰まっていた。上段と中段は仕事関係のファイル、下段にはプライベートな過去の手帳や備忘録、友人知人の住所録や名刺などが入れてある。

そのプライベートな書類やメモに真紀は注目した。たとえ一枚のメモといえども、大輔の心の病に繋がるヒントがあるかもしれない。そう自分に言い聞かせて一枚一枚丁寧《ていねい》に確認していると、自分もストーキングしている気分になってくる。それでも必死に確認している途中、一枚のクリアファイルに目が留まった。見知らぬ泌尿器《ひにょうき》科クリニックの診察券と検査報告書、そして大輔自身の備忘メモが入っていた。

いつ泌尿器科なんかに行ったんだろう。検査報告書には、三か月前、夫婦二人で病院に行った翌月の日付が記され、添えられた備忘メモには大輔の字で走り書きがある。

『乏精子症《ぼうせいしし》＝精子の数が極端に少ない。精子無力症＝精子の動きがかなり鈍《にぶ》い。併発。快癒《かいゆ》の可能性低い。禁酒と投薬、食事療法。カロチノイドを多く含む野菜＝ニンジン、カボチャ。気休め？』

ふと由奈の言葉がよみがえった。

『妻に内緒で精子検査する夫もいるらしいし』

自分が不妊の原因だとしたら男の沽券にかかわる、という古臭い意識からこっそり調べるらしい、と言っていたが、まさにその通りではないか。

焦《あせ》った真紀はそそくさとファイルを片付け、すぐ由奈に電話を入れた。

「ねえ、やっぱ例の新聞配達員に知らせたいんだけど、付き合ってくれない？」

そう切りだして、その後の大輔の奇行ぶりについて話して聞かせると、真紀の動揺が伝わったのだろう、

「いいよ、いまから行く？」

即答してくれた。

「いまから？」

「そう。真紀がその気になったんなら、早いほうがいいじゃない。ちょうど幼稚園に送っ

て帰ってきたところだから、すぐ出られるし」

大輔の行動記録に、新聞配達員の佐々木亮太は鮫島駅の反対側の北口に住んでいると書いてあった。いますぐ家を出てもらえば二十分もあれば合流できる。

「わかった。じゃあ、いまからお願い。ごめんね、急なことで」

真紀は携帯を耳に当てたまま頭を下げた。


佐々木亮太の自宅はすぐに見つかった。

鮫島駅北口から歩いて十分ほどの、細い路地沿いにある古ぼけた二階建てアパートだった。詳しい住所は覚えていなかったが、記憶に残っていた〝鮫島駅　鮫島ハイツ〟で検索したら一発でヒットした。

「旦那さんは間違いなく会社に行ったのよね」

アパートを間近にした路上で由奈に確認された。万が一でも大輔がアパートを監視していたらまずいと思ったようだ。

「けさ出勤していったから、大丈夫だと思うけど」

真紀が答えると、自信なさげに聞こえたのだろう。

「念のため、電話してみて」

そう促されて大輔の携帯に電話を入れた。三回コールしたところで、

「何かあったか？」

緊張した声が返ってきた。

「違うの、旅行に行けなかったから、せめて今夜は外食したいと思って」

とっさに思いついた言い訳を口にして耳を澄《す》ませた。周囲がざわついている。電話の音も聞こえる。会社にいるようだ。

「悪いんだけど、またの機会にしよう」

今夜は遅くなるから先に食べててほしい、と告げられた。また佐々木亮太を尾行するつもりだろうか。そう思うとうんざりするが、とりあえず大輔がこの近辺にいないことは確認できた。夫は会社にいた、と由奈に伝えると、

「じゃ、行こっか」

また真紀を促す。

「けど、やっぱ不安」

本音を口にした。もし佐々木亮太に会えたとしても、何をどう話したものか。それを考えると急に怖気《おじけ》づいてしまう。

「だったら、先にあたしが会って説明してくるよ」

それで問題なさそうだったら呼ぶね、と言い置いて、さっさとアパートへ歩いていく。

ちょっと遅れてあとを追っていくと、アパートに辿り着いた由奈が一階の角部屋、一〇

一号室のドアチャイムを押した。部屋番号も真紀の記憶の片隅に残っていたものだ。

ほどなくしてドアが開き、眠たそうな目の若者が顔を覗かせた。新聞配達をしている佐々木亮太だった。由奈が声をかけると目を見開き、サンダル履《ば》きで外に出てきた。改めて見るとなかなか端整な顔立ちで、新聞配達のおかげなのか体も引き締まっている。

早速、由奈が事情を説明しはじめた。ドアの前での立ち話だけに、声をひそめて、ぼそぼそと話している。

真紀は電柱の陰《かげ》に隠れていた。そのまま五分ほど待ったろうか。不意に由奈が真紀を振り返ったかと思うと、小さく手招きした。大丈夫、ということらしい。

意を決して真紀は一〇一号室のドアの前に歩み寄り、深々と頭を下げた。

「申し訳ありません、主人がご迷惑をおかけしてしまって」

亮太が苦笑いした。

「おかしいと思ってたんですよ、不審電話の謎《なぞ》がやっと解けました。あの、狭いんですけど部屋に上がって話しませんか」

どうぞ、とドアを開けてくれる。

近所の目を気にしているのかもしれない。そう察して真紀が上がろうとしたそのとき、由奈の携帯電話が鳴った。着信を見た由奈が応答し、二言三言やりとりしてから言った。

「ごめん、幼稚園からなの。ちょっと行かなきゃならなくなって」

何かあったようだ。

「すぐに行って、わざわざありがとう」

真紀が礼を言うと、ほんとにごめん、あとで電話してね、と言い残して由奈は鮫島駅前へ戻っていった。


ワンルームタイプの部屋は、若い男の一人暮らしにしてはきれいにしてあった。狭いながらも玄関脇についている小さなキッチンは掃除が行き届いていたし、洋服類も丁寧にたたんで棚に整理されている。

けっこうちゃんとした若者のようだ。勧められたコタツ用の座卓に着いて部屋の中を見回していると、亮太が向かいに腰を下ろした。

「ご主人には気づかれていませんよね」

念のため、といった面持ちで問われた。万が一でも真紀と接触していることが発覚したら、ますます話がややこしくなると危惧《きぐ》したのだろう。

「さっき電話で確認したら会社にいました」

そう応じると、とりあえず安心したらしく亮太は続けた。

「いまちょっと考えたんですけど、奥さんの家に伺《うかが》って旦那さんと話そうと思うんです」

真紀とあれこれ話し合っているよりは、大輔と直接対決したほうが早い、ということらしい。

「でもそれだと」

逆に大輔を刺激しないだろうか。亮太が行動を起こすことでよりエスカレートされても困る。

「奥さんが不安になる気持ちはわかりますが、ほかに方法がないと思うんですよ。ぼくにとっても奥さんにとっても、二人が幸せになるためにはそれが一番の解決策だと思います」

まっすぐな目で見据えられた。それでも真紀は不安だった。

「ただ、あれでけっこう難しい人だから」

「大丈夫です、ぼくが本気で説得します」

亮太が言い切った。十歳近くも歳下とは思えない大人の態度だった。大輔の無茶苦茶な行為を考えたら怒鳴りつけられてもおかしくないのに、弁護士を志《こころざ》している人だからだろうか、真紀の立場を斟酌《しんしゃく》して真摯《しんし》に解決しようとしてくれている。それに引き替え大輔ときたら。

「ごめんなさいね」

夫が嫉妬深いばかりに本当に申し訳ない、という思いを込めてもう一度謝ると、亮太は首を大きく左右に振り、

「奥さんを心から愛してるんですよ」

逆に夫をフォローしてくれた。

「ありがとう」

心からの感謝を伝えた。相手がこの人で本当によかったと思った。苦学して司法試験に挑《いど》もうとしている日々が、人としての器《うつわ》を大きくしたのかもしれない。

いずれにしても、これで大輔も目を覚ましてくれるに違いない。ここにきて急に一筋の光明《こうみよう》が射した気がして、真紀はそっと安堵《あんど》の息をついた。


その日の晩、終電近くになって帰宅した大輔はかなり酔っていた。

全身から酒の臭いを撒《ま》き散らしながら、ふらふらとリビングに入ってきたかと思うとビジネスバッグをぽんと投げ置き、仏頂面《ぶっちょうづら》で呟いた。

「おれはとんでもない勘違いをしていたようだな」

思わず大輔の顔を見た。帰宅を待ちながら、どうやって亮太に会わせたものか思案していたのだが、直接対決の前に大輔が自分の勘違いに気づいてくれたらしい。

「だから言ったでしょう、ストーキングなんかされてないって」

真紀はほっとして微笑《ほほえ》み返した。予想外の展開になったが、大輔としてもバツが悪くて飲んできたのだろう。いま責め立てても逆効果になる。今夜は黙って寝かせて、亮太に会

ったことは明日にでも話そう、と考えていると、

「ああ、確かにストーキングはされてなかった。だが、ストーキングどころか、まさかこんな事態になっていようとはな」

わざとらしく舌打ちして、上着のポケットから小さな機械を取りだす。

ＩＣレコーダーだった。どういうことだろう。きょとんとしていると、大輔がおもむろにスイッチを入れる。途端に聞き覚えのある声が流れだした。

「ご主人には気づかれていませんよね」

沈黙。

「さっき電話で確認したら会社にいました」

沈黙。

「いまちょっと考えたんですけど、奥さんの家に伺って旦那さんと話そうと思うんです」

沈黙。

「でもそれだと」

「奥さんが不安になる気持ちはわかりますが、ほかに方法がないと思うんですよ。ぼくにとっても奥さんにとっても、二人が幸せになるためにはそれが一番の解決策だと思います」

沈黙。

「ただ、あれでけっこう難しい人だから」

「大丈夫です、ぼくが本気で説得します」

沈黙。

「ごめんなさいね」

沈黙。

「奥さんを心から愛してるんですよ」

「ありがとう」


真紀は絶句した。大輔のICレコーダーから流れた音声は、今日の午前中、亮太のアパートで交わした会話そのものだった。

なぜこんなものを録音できたのか。

そういえば、つい先日、大輔が言っていた。今後はコンセント型の盗聴器も買ってきてやつの部屋に仕掛けるつもりだと。それが早くも仕掛けられていたのか。知らぬ間に亮太のアパートに忍び込み、そこまでやったというのか。

混乱する頭で必死で考えをめぐらせていると、

「やつは、いつ押しかけてくるんだ！」

不意に大輔が声を荒らげた。

「いえ、あの」

「あんたの女房を寝取ったと宣言しに、いつ押しかけてくるんだって聞いてんだよ！」

血走らせた目で睨みつけてくる。

さすがに慌てた。大輔は盗聴した会話から、亮太に真紀を寝取られ、それを亮太が宣言しにくると受け取ったらしい。言われてみれば、会話だけ聴けばそう受け取れなくもないが、とんでもない誤解だ。

「そうじゃないのよ」

慌てて否定したものの大輔は収まらない。

「とぼけんな！　おれはてっきり、やつが岡惚《おかぼ》れしてストーキングしてるだけだと思ってたんだが、おまえもその気になって懇《ねんご》ろになっていようとはな。そうとも知らずに、おまえを守ろうと頑張ってたおれってなんなんだ。いい笑いもんだよな。こんな間抜けな話がどこにある！」

酔いにまかせて怒声を張り上げる。

「違うのよ、とにかくそれは誤解だから冷静になって。そもそもストーキングも盗聴も犯罪なの。だからわざわざ亮太さんに会いにいって謝ってたのに、馬鹿な誤解をしないでちょうだい」

「亮太さんだと？　馴《な》れ馴れしい呼び方してるくせして、まだしらばっくれるのか。おれが尾行も盗聴もしなかったら、いまだにおまえの不貞《ふてい》に気づけないでいたってのに、冗談じゃない。おまえ、おれの精子が少ないってこと、知ってんだろう。精子の数が減っちまうほど仕事に打ち込んでるおれを尻目に、若い男の子種を仕込もうとしてた。そういうことだろうが！」

「だから誤解なの」

「誤解誤解って、こっちは音声証拠を押さえてんだよ。どこまでおれをコケにするつもりだ！」

力まかせにICレコーダーを投げつける。ICレコーダーが音を立ててテレビを直撃し、液晶画面にヒビが入った。

「やめて！」

真紀は悲鳴を上げた。ところが、その金切《かなき》り声《ごえ》がなおさら大輔を逆上させてしまった。

「どうせ子種のない男だよ！」

嫉妬に狂った大輔が突如暴れだした。リビングのドアを蹴飛《けと》ばし、本棚を引き倒す。飾り棚の花瓶を割り、写真立てを突き飛ばす。それでも足りずにキッチンの食器棚を開け放つなり真紀のお気に入りの食器をガチャンガチャンとつぎつぎに叩き割りはじめた。

戦慄《せんりつ》を覚えた。これが大輔の本性なんだろうか。根が真面目で仕事熱心だと思い込んでいた大輔の狂気を目の当《ま》たり《あ》にして全身が震えた。

真紀は携帯を手にそろそろと後退《あとずさ》りし、頃合いを見てダッと玄関へ駆けだした。

「おい待て！」

大輔に気づかれた。割れた食器を片手に追いかけてくる。

泡を喰《く》ってドアを開け放ち、裸足《はだし》のまま飛びだした。身の危険を感じた。もはや何をされるかわからない。

真紀は髪を振り乱してマンションの外階段を駆け下り、恐怖に突き動かされるように鮫島駅へ続く夜道を裸足で走り続けた。

十日間が過ぎた。

長い十日間だった。亮太のアパートに匿《かくま》われていた真紀にとっては、身も心もじわりじわり削《けず》り取られていくような日々だった。

あの晩、大輔のもとから逃げだした真紀は、由奈に匿ってもらおうとすぐさま電話を入れた。ところが繋がらない。だったら直接訪ねようとメールを入れて電車で向かったものの、家族で出掛けたらしく留守だった。どうしよう。逡巡《しゅんじゅん》した末に再び鮫島駅に戻ってきて駅の反対側へ向かった。こうなったら仕方ない。思いきって鮫島ハイツ一〇一号室を訪ねてドアチャイムを押した。

運よく在宅していた亮太は、真紀の怯《おび》えきった顔と、乱れ髪に裸足という異様な姿から真夜中の異変を察してくれたのだろう。何を問うでもなく即座に部屋に入れてくれた。

その場で声を押し殺して泣き崩《くず》れた。亮太もまた大輔の被害者だというのに、とっさのやさしさが骨身に沁《し》みた。

安堵の涙を流して多少落ち着きを取り戻した真紀は、亮太に耳打ちしてコンセント型の盗聴器を探しだし、すぐ破壊した。これで安心して話せる。とりあえず気持ちを切り替えて今夜の出来事を打ち明けると、黙って聞いてくれた亮太が口を開いた。

「真紀さん、しばらくここに避難していてください。どうやって盗聴器を仕掛けたのかわかりませんが、明日、大家に事情を話してドアの錠前を換えてもらいます」

「だけど勉強の邪魔にならない？」

「勉強どころじゃないでしょう、真紀さんの身の安全が第一です。とにかく当面、外出は控えてください」

諭すように言い含められた。

ここは亮太のやさしさに甘えよう。真紀はそう決めて、念のため翌朝、由奈に電話を入れた。

「え、亮太くんのところに避難したの？」

事態の急転に仰天《ぎょうてん》した由奈は、

「よかったら、いまからでもうちにおいでよ」

と言ってくれた。実際、男子学生のアパートに人妻が避難するなんて異常事態もいいところだ。ただ、それでなくても子育てに追われている由奈に迷惑はかけたくなかったし、せっかく亮太がそこまで言ってくれたのだ。ここは被害者同士、助け合ったほうがいい気がして由奈の勧めは断り、その晩も部屋の両端に二人離れて就寝した。

といって、これで終わったわけではない。こうなったからには大輔が黙っているわけがない。盗聴器を壊す前の状況は盗聴されていたに違いなく、事実、翌朝から真紀の携帯に何度となく大輔からの着信が入りはじめた。無視していると留守電とメールもどんどん入ってくる。

『やっぱ、やつとできてやがったんだな』

『マジで許さねえぞ』

『二人で首を洗って待ってろ』

たまらず着信拒否にしたものの、かまわず大輔は、どうやって入手したのか、未知の電話番号から留守電やメールをこれでもかと送りつけてくる。

もう携帯の電源は入れないことにした。すると今度は、アパートの周りをうろつかれるようになった。玄関前に張り込みされたり、ドアチャイムを何度も鳴らされたりといった嫌がらせが頻繁《ひんぱん》に起きた。

そのたびに真紀の脳裏《のうり》には、大輔と言い争ったとき投げつけられた言葉がよみがえった。

「どうせ子種のない男だよ！」

なんて忌《い》まわしい捨て台詞《ぜりふ》だろう。だからなんなのよ、と虫唾《むしず》が走るほど腹立たしくなる。

子どもがほしかったのは事実だけれど、子どもができなかったとしても、夫婦として添い遂《と》げられればそれでいい。三か月前、二人で病院に行った帰り道、大輔にそう伝えた記憶がある。夫婦は子づくりのためだけに存在しているわけじゃない。夫婦は夫婦として生きるために一緒に暮らしてるのだから、と。

もちろん、いまとなっては、そんな気持ちは一ミリたりともない。四年付き合い、五年連れ添った夫婦も、終わるときはあっけないものだった。

「もう、あいつの顔なんか二度と見たくない。一方的に離婚届を送りつけてやるつもり」

昨日も由奈に電話して悪態をついたものだが、それでも、避難生活が三日四日と続くほどに、大輔に対する怒りにも増して、亮太への感謝の気持ちが強くなってきた。

なにしろ、こうして無事でいられるのも、そもそもは被害者だった亮太が寛容に受け入れてくれたおかげなのだ。それを思うと、ただ隠れ住んでいるだけでは申し訳なくなって、亮太の勉強に差し支《つか》えがないよう炊事や洗濯など家の中でできる家事を手伝いはじめた。そして食事の時間には、おたがいの身の上も語り合ったりするようになり、二人の距離は次第に縮《ちぢ》まっていった。

　聞けば亮太は、父親が不倫に走ったせいで母子二人の家庭で育ったのだという。ろくに生活費を入れてもらえなくなった母親は夫と別れ、昼はスーパー、夜はスナックを手伝いながら亮太を大学まで上げてくれたそうで、その恩に応《こた》えたい亮太は弁護士を志し、ゆくゆくは故郷の母親に家を建ててやる夢を抱いている。大輔の行動記録ノートに記されていた電話の相手も、実は、体調を崩していた母親への電話だったというから、いまどきめずらしい孝行息子ではないか。

　それは由奈も同じ意見だった。ここにきて亮太はしばしば由奈に電話を入れて、真紀の状況をこまめに伝えて安心させてくれているらしいのだが、

「友だちのあたしにまで気遣《きづか》ってくれるんだから、若いのにできた子よね」

　と感心していた。

　ただ一方で、大輔の嫌がらせはより悪質化している。真紀がいまも亮太のアパートにいると気づいているからだろう、郵便受けにネズミの死骸《しがい》を入れたり、ドアに中傷ビラを貼ったり、玄関前に犬の糞《ふん》を大量に置き去りにしたりと、やりたい放題だ。とりわけ、亮太がバイトや学校に出掛けている時間は何が起こるかわからないだけに、真紀の緊張は日増しに高まっている。

「それってマジでヤバいじゃん。早いとこ区役所とか弁護士とかに相談したほうがいいよ」

由奈からはそう忠告されている。包丁片手に暴れ込まれてからじゃ遅すぎるよ、と言い添えられたときには背筋が凍《こお》った。

ストーカー対策の基本は、なによりもストーカーの認識エリアから姿を消すことだ。ネットで検索したところ、そう書かれていた。

目が届く範囲に対象者がいるから恨《うら》みに思う。すぐ足を運べる距離にいるから妬《ねた》ましく思う。電話やネットで世界中とコミュニケーションが取れるこの時代にあっても、不思議なことに人間は、自分の皮膚感覚で認識できるエリアに束縛《そくばく》されるものらしい。

そこで真紀と亮太も悩んだ末に、最後はその基本に従った。大輔とは無縁の地を亮太が探し回り、関東近県の小都市にアパートを見つけて、夜逃げのように二人で引っ越したのだ。

といっても、離婚届は一方的に大輔に送りつけただけだし、住民票もまだ移動していない。携帯電話を買い直した以外、公的手続きはいまだに何も済ませていないけれど、でも、そんなことより、まずは大輔の認識エリアから逃れることが先決だと判断したのだった。

以来、一か月。大輔からの嫌がらせは当然ながらぴたりと止《や》み、いま亮太は自宅で卒業論文のまとめと司法試験の勉強に打ち込んでいる。大学の教授に事情を打ち明けたところ、単位取得の目途もついていることだし、自宅学習でよし、と柔軟に認めてくれた。また真紀も、そんな亮太を支えるために近所のスーパーとファミレスのパートを掛け持ちして頑張っている。

そうした日々を通じて真紀と亮太はさらに絆《きずな》を深め、気がつけば男女の仲になっていた。病んだ大輔から、できてやがる、と勝手に決めつけられた二人が本当にできてしまったのだから世の中わからない。いまや真紀は、大輔との離婚が正式に成立したら亮太と再婚しよう、とまで密《ひそ》かに考えている。

これには由奈も仰天していた。彼女にだけは知らせておいたほうがいいだろう、と電話で伝えたのだが、

「それってマジな話？」

信じらんない、と声を上げていた。

「でもあたし、本気なの。正直、自分でもびっくりしてるんだけど、いまやっと、本当の伴侶《はんりょ》を見つけた気がする」

「けど真紀」

言いかけて由奈が口をつぐんだ。

「何よ、ひょっとして羨《うらや》ましい？」

冗談っぽく返すと、

「ていうか、ううん、なんでもない」

由奈は言葉を濁したが、その気持ちもわからなくはない。なんといっても十歳近くも下の大学生との恋路だ。その行く末を懸念《けねん》しているに違いない。

そういえば、若い頃に由奈から借りた恋愛本に、危険な吊り橋を一緒に渡った男女は疑似恋愛に陥りやすいという〝恋の吊り橋理論〟が紹介されていた。大輔との仲がこじれた危機的状況が一時的な恋心を生んだだけ、と由奈は考えているのかもしれないが、でも、真紀と亮太には当てはまらないと思う。

不埒《ふらち》な父親のせいで母子家庭生活に追いやられて育った亮太は、母親に家を建ててやりたいと司法試験を志したほど母性には多感な男子だ。そんな亮太だからこそ歳上の真紀に惹《ひ》かれたのだろうし、また、〝夫婦は夫婦として生きるために一緒に暮らしている〟という真紀の考え方も広い意味での母性に基《もと》づいていると自覚しているだけに、二人が男女として結ばれたのは吊り橋など関係なく、必然だったと思うのだ。

ただ、それはそれでよかったのだが、ここにきて真紀は新たな事態に遭遇した。

今日もまた、いつものように朝一番で近所のスーパーに出勤する途中、従業員証を忘れたことに気づいた。店では常時携帯するよう義務づけられているだけに、急いでアパートに取りに戻ると、亮太が部屋の隅にしゃがみ込み、背中を丸めて電話をしていた。

どうしたんだろう。

真紀が戻ったことに気づいていないからか、いつになく澱《よど》んだ気配を漂《ただよ》わせている亮太に不審を覚え、そっと耳を傾けると思いがけない会話が飛び込んできた。

「そんな邪険にしなくてもいいだろう。最近、急に冷たくなったじゃないか。おれはただ毎日何度でも声を聞きたいだけなんだ。前のアパートで初めて会ったときから、ずっとそうなんだよ。え？　真紀？　あいつはしょせん家政婦代わりだ。だから、もし着拒なんかされたら、おれ、何をしでかすかわからないし、それが自分でも怖いんだ。わかってくれよ、由奈さん」

テツコの部屋

初めて彼女を目撃したのは、一年前の三月下旬、秋葉原《あきはばら》駅の高架ホームに降り立った直後だった。

前日の夜、飲みすぎたせいで早番の出勤時間より三十分遅れた午前九時過ぎ。ホームの端に立てられた鉄柵の前に人だかりができていることに気づいて見やると、若い女性がカメラを構えた男たちに囲まれていた。

歳の頃は二十代半《なか》ばといったところか。おかっぱ頭と表現したほうがぴったりくる黒髪のショートボブに、リスのような可愛《かわい》らしい顔立ちをしているが、洗いざらしのTシャツにジーンズというラフな服装からしてプロのモデルではなさそうだ。秋葉原という場所柄、地下アイドル的な女性だろうか。

和彦《かずひこ》はその場に佇《たたず》んでいた。すでに電車は走り去り、ホームに降り立った乗客はすっかり捌《は》けてしまったのに、その飄々《ひょうひょう》とした存在感に魅《み》せられて目が離せないでいた。薄毛と出腹を抱えた四十男が、若い女性に見惚《みと》れている。傍目《はため》には怪《あや》しいおっさん丸だしの光景だが、なぜか彼女が気になって立ち去れないでいた。

そのとき、女性がふらりと鉄柵から離れ、カメラ小僧たちを押し退《の》けるようにしてこっちへ歩いてきた。それとなく目で追っていると、女性は黒髪ボブを揺らしながら和彦の傍《かたわ》らを通り過ぎる瞬間、ちらりと一瞥《いちべつ》をくれ、そのまま改札口へ降りるエスカレーターに乗った。カメラ小僧たちは、とりあえずシャッターを切れたことで満足したのかホームの端で見守っている。

女性の姿が足元から徐々に消えていき、やがて全身が見えなくなった。その瞬間、和彦もエスカレーターへ向かった。

なぜあとを追ったのか、自分でもよくわからないが、けっしてやましい感情からではない。痴漢逮捕に協力した経験もあるほど倫理《りんり》意識だって持ち合わせている。なのになぜだろう。彼女がまとっている不思議なオーラに導かれるようにして我知らず足を速めていた。

エスカレーターを降りると、中庭のようなコンコースがあり、そこからさらに下に降りるエスカレーターがある。

黒髪ボブは、すでに二段目のエスカレーターに乗っていた。降りた先には昭和《しょうわ》通り口の改札がある。和彦にとっては毎度毎度の通勤経路ではあるものの、彼女と距離を詰めすぎてもいけない。ふだんとは違う注意を払いながら五メートルほど間を置いた。

ほどなくして一階に降り立つと、ひと足早く一階に辿《たど》り着いた黒髪ボブが、いつのまにか人波に紛《まぎ》れてしまっている。慌《あわ》てて和彦は小走りに昭和通り口の改札へ向かい、自動改札機前まで来たところで、あ、と足を止めた。

改札の脇《わき》にある駅事務室の前に、黒髪ボブがいたからだ。笑みを浮かべた駅員から黒いリュックを受けとっている。忘れ物だろうか。立ち止まったまま様子を窺《うかが》っていると、不意に女性が振り返り、和彦と目が合った。

女性は訝《いぶか》しげに首をかしげたかと思うと、黒いリュックを手にしたまま、つかつかと和彦に歩み寄り、

「何か用？」

上目遣《うわめづか》いに睨《にら》みつけてきた。間近で見ると、黒目が大きい左目の下に、ちょこんと泣きぼくろがついている。

「い、いや、べつに」

突然の詰問《きつもん》にしどろもどろになっていると、女性は急に興味を失ったようにぷいっと目を逸《そ》らし、さっき降りてきたエスカレーターのほうへ戻っていった。

四十を超えるこの歳まで、ぼんやりと生きてきた。

おれはこう生きていこう、とか、こう生きていくべきだ、とかいった志《こころざし》も意欲もな

いままに、ただぼんやりと生きているうちに齢《よわい》を重ねていた。

それでも二十代の頃に一度だけ、結婚したことがある。知人の紹介で出会った女性と成りゆきで入籍して人並みに所帯を構えたのだが、わずか二年にして破局。そのとき元妻から最後に投げつけられた言葉も、

『あなたって、なんにも考えてない人ね』

というものだった。

まあ実際、何も考えていないのだから仕方ない。秋葉原の家電量販店に勤めて二十年ほどになるが、これといった成果を上げることもなく、相変わらず店頭に立たされ続けているのもその証拠だ。首にならない程度に働いて、そこそこに給料がもらえて、仕事終わりに一杯やって、ぼちぼち生きていければそれでいい。一人暮らしがすっかり板についてしまったいまも、それぐらいのことしか考えていない。

おかげで、けさも四十分遅れで出勤するなり、かつては後輩だった七歳下の販売部長から嫌みを言われた。

「そんなことじゃ、若いもんに示しがつかないでしょう。その歳になっても主任を卒業できない理由を少しは考えてみてください」

申し訳ありません、とその場は謝ったものの、だからといっていまさら何が変わるわけでもない。今日もまたぼんやりと店頭に立っていたのだが、ただ、ひとつだけ、いつもと

違ったことがある。黒髪ボブのことが頭から離れないでいた。なぜおれは、あんなにも彼女に惹《ひ》かれたのか、自分でも謎《なぞ》だった。

そんな黒髪ボブに再び遭遇したのは一週間後の朝だった。

この日は中番《なかばん》出勤に間に合う午前九時に秋葉原駅に降り立ったのだが、何気なくホームを見やった瞬間、黒いリュックを背負った黒髪ボブが目に留まった。お、と目を見開いていると、ホームの傍らで営業している立食い蕎麦《そば》屋に入っていく。

和彦は迷うことなく立食い蕎麦屋へ向かった。客を装って券売機で食券を買い、立食いカウンターの端に陣取ると、黒髪ボブは反対側の端に立って調理場のおばちゃんと話していた。どうやら食べにきたわけではないらしく、カウンター越しの世間話に花を咲かせている。

素知《そし》らぬ顔で食券をカウンターに差しだした。途端に黒髪ボブが和彦に向き直ったかと思うと、

「何か用？」

先週と同じ台詞《せりふ》を投げてきた。

「あ、いや、覚えてくれてたのかい？」

照れ笑いしながら問い返した。

「覚えてるわよ、リーマンおやじにガン見されたの初めてだし」

口調は怒っているが、責められているわけではなさそうだ。

「アキバで働いてるのかい？」

重ねて聞いた。

「てか、いまはアキバにいる」

微妙に話を逸らされた。こっちが先に素性《すじょう》を明かすべきだったのかもしれない。

「ぼくはアキバの家電屋で働いてる」

念のため店名も口にした。

「へえ、だったら、これ売ってる？」

言いながら背中のリュックを下ろし、ジッパーを開けて小型のヘアドライヤーを取りだした。かなり昔に販売していた機種で、ずいぶん使い込んでいるようだが、わざわざそんなものを持ち歩いていることに驚いた。

「古い機種だから同じものはないけど、似たやつなら売ってると思う」

和彦が答えると、

「じゃあ、似たやつを売って」

にこっと口角を上げる。

「もちろん、店に来てくれればいつでも」

「じゃなくて、明日の朝、ここでどう？」

「ここで？」

戸惑《とまど》っている和彦に、調理場のおばちゃんが口を挟《はさ》んできた。

「この娘《こ》、忙しいのよ。せっかくだから出張販売してあげて、あたしが責任持つから」

そこまで言われて断るのも野暮な気がして、結局は承諾《しょうだく》してしまった。


テツコって呼んで。

別れ際《ぎわ》に彼女はそう名乗った。苗字《みょうじ》は？　と聞き返したが、みんなテツコって呼んでるから、と教えてくれなかった。おそらくは通称なのだろう。

念のため携帯番号も尋《たず》ねたものの、持っていないという。いまどき携帯を持たない若い女性がいるとは思えない。早い話が警戒されたのだろうが、しかし、考えてみれば警戒すべきは和彦のほうだ。

ふつうだったら、名前も携帯番号もわからない相手に出張販売などしない。なのに、なぜだろう。せいぜい二、三千円の商品だし、おばちゃんからプッシュされたこともあるが、それにも増して、あの娘に喜ばれるなら、という奇妙な感情に突き動かされた。小型ヘアドライヤーぐらいなら在庫品を持ってきて、後日、社内精算すればいい話だ。

翌朝、出勤途中に約束通り立食い蕎麦屋へ行くと、テツコがいた。今日もカウンター越しに調理場のおばちゃんとおしゃべりしながら待ってくれていた。

「これでいいかな」

商品を差しだした。

「ありがとう！」

顔をくしゃくしゃにして喜んでくれた。笑うと左目の下の泣きぼくろも相まって、一転して人懐《ひとなつ》こい表情になる。

すると、テツコに代わっておばちゃんが財布を開いて代金を差しだしてきた。

「あたしが立て替えとく」

「え、いいんですか？」

「いいのいいの」

無理やり押しつけられた。

二人はどういう関係なんだろう。ふと気になったが、あまり掘り下げてもいけない気がする。

「ありがとうございます」

店員っぽく頭を下げて礼を言うと、

「おじさん、飲みにいこっか」

唐突に誘われた。

「え、酒かい？」

「もしかして下戸《げこ》？」

「いやそうじゃないが、まだ朝だし」

「いいじゃない。上野《うえの》駅に朝から飲めるハイボールスタンドがあるの、お礼に奢《おご》らせて」

本気で朝飲みするつもりらしい。出張販売を頼むほど忙しい彼女に、そんな余裕があるのだろうか。困惑して返事に詰まっていると、おばちゃんが口を挟んできた。

「付き合ってあげなさいよ、せっかくテツコがお礼したいって言ってるんだから」

「そうだよ、奢らせて」

テツコも調子を合わせて腕を引っ張る。いつのまにか、誘いに乗らない和彦がつれない男のような空気になっている。

もちろん、悪い気はしなかった。それでなくても興味を惹かれた女性だ。約束通り商品を買ってくれたばかりか、おばちゃんまで後押ししてくれているのだ。

どうせ今日もぼんやりと店頭に立つだけだし、と急遽《きゅうきょ》、和彦は店に電話を入れた。

「今日、販売部長はどうしてるかな」

電話口に出た早番の女子社員に、わざと鼻声を作って聞いてみた。

「終日、外出です」

しめたとばかりに、体調不良なんで半休を取る、と伝えた。軽く朝飲みしても午後には酒が抜けるだろうし、販売部長がいなければ嫌みを言われることもないと思った。

秋葉原から山手線《やまのて》に乗って二駅。不思議な解放感を覚えながら上野駅のホームに降り立った途端、テツコが中年の駅員に呼びとめられた。

「おう、また東北方面かい？」

やけに親しげな口を利《き》く。

「違うの、朝ハイボール」

「そいつは羨《うらや》ましいなあ」

「シマちゃんもどう？」

「無理無理、今日は朝っぱらから車両故障でバタバタしててさ」

つぎの夜勤明けに飲もう、と駅員は白い歯を見せ、それじゃ、と立ち去っていった。

「へえ、駅員とも知り合いなんだ」

ちょっと驚いた。

「シマちゃんは飲み友なの」

ふふっと笑い、テツコはホームの階段を上がっていく。その背中を追っていくと、上階にある駅ナカショップ街に、本当に朝から飲めるハイボールスタンドがあった。

「ハイボールと、何かつまみちょうだい」

慣れた口ぶりでテツコが注文してくれた。

「あれ、今日はどうしたの？」

男性店員が聞き返してくる。和彦と一緒にいるのが意外らしい。

「お世話になったおじさん。サービスしてあげて」

テツコのひと言で、ハイボールのほかにベーコンとフライドポテトを盛り合わせたつまみを出してくれた。

「どこに行っても顔なんだねえ」

思わず和彦が感心すると、

「そんなんじゃないって」

テツコは肩をすくめてハイボールを口にする。

「ひょっとして地下アイドルとかやってるの？　初めてアキバの駅で見かけたときは撮影会をやってたし」

「違うよ、これでもあたし、今年で三十なんだから」

「え、そうなんだ」

「引いちゃった？」

「いや、そうじゃないが、どう見ても二十四、五にしか見えないし、その若さだからアイドル並みに注目されてたんだろうな」

「さあ、それはあたしにはわかんないけど、とにかくいつも勝手に撮られちゃうの。あのときも自然にあんだけ集まってきたから、断るのも面倒臭くなっちゃって」

「そりゃすごいなあ。やっぱモデルとかじゃないの？」

「だから違うんだって。あたし、いつも駅ナカにいるから撮り鉄に見つかりやすいみたい」

撮り鉄とは言うまでもなく電車の写真ばかり撮っている鉄道マニアのことだが、彼らも駅ナカにはよく出没しているから気がつくと標的になっているのだという。

「しかし駅ナカのどこの店で働いてるんだい？」

「いろんなとこ」

「は？」

「いちばん多いのは飲食店だけどね。おじさんと待ち合わせたアキバの立食い蕎麦屋とか、品川《しながわ》駅のバルとか、田端《たばた》駅の讃岐《さぬき》うどん屋とか、あっちこっちの駅ナカ店に助っ人で呼ばれて飛んでいくわけ」

このハイボールスタンドにも何度か助っ人に来たという。

「そういう働き方があるんだ」

何気なく言ったつもりだったが、

「ていうか、あたし、そういう働き方しかできないの」

テツコがふと目を伏せた。初めて見せた憂《うれ》い顔だった。

「なんでそういう働き方しかできないんだい？」

不思議に思って問い返すと、

「ねえ、東京駅のイタリアンに行かない？」

唐突に話を変えられた。地階の駅ナカ施設にある店だそうで、リゾットをつまみにワインを飲みたくなったという。

「おいおい、朝からハシゴ酒かい」

和彦は苦笑いしたが、

「朝だろうと夜だろうと、あっちこっちで飲んだほうが楽しいじゃない」

にっこり笑う。

「まあそれはそうだが」

「だったら行こ、二軒目」

早くもその気になって残りのハイボールをひと息に飲み干す。

そう言われると、一軒だけで別れて出勤するのも、もったいない気がしてくる。ハイボールの飲みっぷりからして、テツコもかなりの呑《の》ん兵衛《べえ》らしい。考えてみれば明日は正規の休みだし、給料日の直後で多少は懐《ふところ》も暖かい。

「よし、リゾット&ワイン、行くか」

和彦もハイボールの残りをひと息で飲み干した。

そうと腹を決めたら和彦も根は呑ん兵衛だ。すぐ職場に電話を入れて、再び女子社員に鼻声で伝えた。

「体調が戻らないんで今日は全休にするよ」

「了解しました」

女子社員は淡々《たんたん》と答えた。そもそも和彦になどまったく関心を抱《いだ》いていないから、どうでもいいのだろう。

これで安心して飲める。和彦はテツコとともに再度、山手線に乗り込んで東京駅の駅ナカ施設へ移動して、お目当てのイタリア料理店に飛び込んだ。

これでますます火がついてしまった。リゾットをつまみにワインをそれぞれ三杯ずつ飲んだところで、

「よし、つぎに行くか」

時間はたっぷりあるし、と勢いづいた和彦はそそくさと席を立った。

「だったら新宿《しんじゅく》駅に行こっか」

もちろん付き合う、とばかりにテツコも立ち上がった。新宿駅南口の駅ナカ施設に牛タン専門店があるそうで、お酒もいろいろ置いてあるからどう？　と提案されて、よしそれだ、と今度は中央線の快速電車に乗って新宿へ向かった。

こうなると、もう止まらない。牛タンをつまみに日本酒、ハイボール、グラスワインと

続けざまに飲んだところで、

「つぎは品川駅にしよっか」

再びテツコに提案され、今日三度目の山手線で移動した。昼酒は夜酒の三倍旨《うま》い、とだれかが言っていたけれど、まさしくその通りで、ほろ酔い気分で車窓を流れるビル街を眺《なが》めていると、いつもより光り輝いて見える。

二十分ほどで到着した品川の駅ナカは、さらなる呑ん兵衛天国だった。まずはテツコのお気に入りだというクラフトビールが飲めるカフェを冷やかし、続いて欧風の肉料理が充実しているバルに繰《く》りだした。

「さすがは助っ人バイト女子、駅ナカの引出しが多いなあ」

和彦が感心すると、こんなんで驚いてちゃダメだよ、と笑われた。

実際、都内の駅ナカには、いまや飲食店はもちろんコンビニの進出も相次ぎ、日暮里《にっぽり》駅の生花店、三鷹《みたか》駅のマッサージ店、新宿駅の三百円均一店など多種多彩な業種が揃《そろ》っているという。横浜《よこはま》駅、大阪駅など全国各地の駅ナカにも、ありとあらゆる業種が出店しているそうで、

「ただ、家電店はないから和彦に出張販売してもらったんだけど、いまどきは駅ナカの店だけで生活できちゃうんだよね」

テツコは得意げに目を細め、もはや何杯目になるかわからないワインを口に運ぶ。呑ん

兵衛女子の酒量は底なしだとよく言われるが、どうやらテツコもそのクチらしく、飲むほどに陽気に盛り上がり、ずかずかとこっちの懐に入ってきて、いつしか馴《な》れ馴れしく和彦と呼び捨てにされるようになっていた。

でも正直、嬉《うれ》しかった。若い女性に相手にされるなんてことはまずないだけに、酔いにまかせて二十代にしてバツイチになった自虐《じぎゃく》エピソードを披露《ひろう》して、このまま独《ひと》りでぼんやり生きてければいいと思ってんだよな、と強がってみせた。

「まあ、ずっと独りりって人生も悪くないしね」

テツコが微笑《ほほえ》みを浮かべて同調してくれた。それがまた嬉しくて、

「だけどテツコは、まだまだこれからだもんな。三十ったって全然若いし、そんだけきれいだとモテモテだろ？」

さらりと褒《ほ》め上げると、

「さあ、それはどうだろね」

不意にテツコが表情を曇《くも》らせた。上野のハイボールスタンドでも見せたあの憂い顔だった。

あたし、そういう働き方しかできないの。あのときはそう言って目を伏せたものだが、またしても踏み込んではいけない何かに触れてしまったようだ。

このへんが潮時《しおどき》かもしれない。

「どれ、そろそろ帰るか」

楽しく飲んできた空気が一変しそうな気配を察して和彦は財布を取りだした。上野のハイボールスタンドではテツコの顔パスで奢ってもらったが、その後は和彦が払ってきた。

「ご馳走《ちそう》さま」

テツコはぺこりと頭を下げ、それでも浮かない顔つきでいる。左目の下の泣きぼくろもどこか寂しげだ。

「ちなみに、家はどこなんだ?」

ふと聞いてみた。けっして下心を抱いたわけではないのだが、さあね、とまたしてもはぐらかされた。

「いや、そういう意味じゃないんだ」

慌てて弁明したものの、テツコはスルーして別のことを聞く。

「そういえば和彦、明日は休みって言ってたよね?」

「うん、休みだ」

「だったらあたし、岐阜に行く予定なんだけど、一緒にどう?」

「岐阜?」

またしても唐突に誘われて戸惑っていると、

「まあ嫌ならいいんだけど」

テツコはさっさと席を立った。

翌水曜日の午前八時。品川駅は通勤客で溢《あふ》れ返っていた。

いまや都内でも四番目に乗降客数が多いと聞いたことがあるが、出勤途中のサラリーマンやOLがそそくさと駅ナカのコンコースを行きかっている。ここ最近の和彦のシフトは水曜と土曜が休日なのだが、世間の人にとって水曜は週半ばのきつい日なのだろう。だれもが憂鬱《ゆううつ》そうな面持《おもも》ちで会社へ急いでいる。

結局は、テツコの誘いに応じて一夜明けた品川駅にやってきた。今日はラフにジーンズ姿で、せっかくなので駅弁と缶ビールを買い込んで待ち合わせ場所へ向かうと、テツコはまたしてもカメラ小僧に囲まれていた。こんな朝でも撮り鉄にとっては仕事より趣味が優先らしく、だれもが無言でテツコに群がり、ひたすらシャッターを切っている。

「おう、お待たせ」

和彦が声をかけると撮り鉄たちのシャッター音が止《や》み、だれ？　といった顔でこっちを見ている。

「おはよう和彦！」

すかさずテツコが笑顔を弾《はじ》けさせ、和彦と親しげに話しはじめると、撮り鉄たちは遠巻きのまま羨ましそうに眺めている。

「よく統制されてるね」

「これまでいろいろあったからね」

テツコはふふっと微笑み、行こっか、とスタスタ歩きだした。

これで撮影会は自動的に終了し、和彦があとを追っていくと、テッコはコンコースの途中から在来線のホームに降りていく。

「新幹線じゃないのかい？」

慌てて声をかけた。

「東海道《とうかいどう》本線でのんびり行くの」

肩をすくめてテッコが笑う。片道六時間余りの旅になるという。

和彦は今日も自宅がある東中野《ひがしなかの》駅の改札をICカード定期で入り、新幹線の切符は品川駅で買うつもりでいた。ところが、このまま在来線を乗り継《つ》いで岐阜まで行くというのだから、驚くと同時にようやく合点《がてん》がいった。テッコもまた鉄道マニアで、乗るのが好きな乗り鉄なのだろう。テッコとは〝鉄子《てつこ》〟。それゆえに撮り鉄たちの間で密《ひそ》かなアイドルとなり、駅ナカの店員や駅員とも知り合いになったに違いない。

ただ、岐阜まで六時間余りもかけて行くとなると、果たして日帰りできるだろうか。のっけから予定が狂ってしまったが、しかし、ここまできたら引き返せない。最悪、明日も休んじまうか、と開き直り、午前八時四十八分発の熱海《あたみ》行き電車に乗り込んだ。

ボックス席とベンチ席が共存している中距離電車は、都心から離れていく下り電車だからだろう、思ったより空《す》いていた。そのボックス席に二人向かい合って座り、発車と同時に、奮発《ふんぱつ》して買ってきた老舗《しにせ》料亭の幕の内弁当を広げ、プシッと缶ビールを開けた。

昨日あれだけ飲んだのに、今日もまた朝ビールはどうかと思ったものの、呑ん兵衛の二人旅だからと念のためロング缶を四本買ってきて正解だった。テツコは嬉しそうに喉《のど》を鳴らして飲んでいる。空いているとはいえ、まだ通勤時間帯とあって車内の大半は通勤客だ。その目がちょっと気になったが、つられて和彦も朝ビールを流し込み、幕の内弁当のおかずをつまみはじめたら、いつしか周囲の目など気にならなくなってしまった。

「いや久しぶりだなあ、こういう旅は」

和彦は独りごちた。車窓を流れてゆく朝の東京の街に見惚れていると、自然と旅気分が盛り上がってくる。

岐阜までは、熱海、静岡、浜松《はままつ》、豊橋《とよはし》の各駅で四回電車を乗り換え、待ち時間も含めて正確には六時間三十分かかるという。新幹線を使えば二時間ほどで着けるというのに、マニア心とは不思議なものだと思う。なぜ岐阜へ行くのか、それもまだ教えてもらっていないが、ただ、こういうミステリーツアーも悪くない。時間があるぶんテツコと二人、ゆっくりできるかと思うと、それはそれで心が浮き立ってくる。

川崎《かわさき》、横浜を経《へ》て藤沢《ふじさわ》、茅《ち》ケ崎《さき》、平塚《ひらつか》と湘南《しょうなん》の駅を過ぎる頃には富士山《ふじさん》が見えてきた。ロング缶を四本、あっけなく飲み干してしまった二人は、昨日たっぷり話したこともあり、何を話すでもなく車窓の景色を眺めていた。

といって気詰まりな空気は微塵《みじん》もない。よくよく考えてみれば、ろくに素性も知らない歳の差のある男女が二人で旅路を辿っていること自体、不可思議な状況だと思うのだが、なぜか知らず心地《ここち》よい時間が流れ続けている。

「だけど、なんでおれみたいなおやじと旅しようと思ったんだい？」

和彦はふと聞いてみた。いまなら聞いても大丈夫な気がした。

「さあ、なんでって言われても」

テツコは黒髪ボブを掻《か》き上げると、楽しいんだからそれでいいじゃない、とばかりに微笑み、再び車窓に目をやった。

『まもなく終点、熱海に到着いたします。この先、静岡方面へお越しの方は、ここでお乗り換えください』

車内アナウンスが流れた。時刻はまもなく午前十時半。この電車は折り返しで東京に戻るため、六分後にやってくる静岡行きに乗り換えなければならない。

二人連れ立ってホームに降りた。途端にテツコが、電車の最後尾に向かって駆けだした。突然、どうしたのか。驚いて立ちすくんでいると、テツコは車掌《しゃしょう》室から降り立った

男性車掌に駆け寄るなり、

「久しぶり！」

黒い車掌鞄《かばん》を提《さ》げている左腕に飛びついた。

そのままテツコは車掌と談笑しはじめた。こんなところにも知り合いがいたのか、とあっけにとられていると、ほどなくして静岡行きの発車時間になった。するとテツコは、じゃあね、と車掌に手を振りながら駆け戻ってきて、和彦を急《せ》かすようにして電車に飛び乗った。

「嬉しい！　ヨコちゃんに会えちゃった」

ボックス席に着くなりテツコが白い歯を見せた。

「車掌も知ってるんだ」

「うん、品川駅で乗ったとき、ヨコちゃんの車内アナウンスだって気づいたの」

時間があればもっと話せたのに、と残念がっている。駅ナカの人たちと親しいのは昨日一日でよくわかったが、予想以上の顔の広さだ。

「車掌だけじゃないよ、運転士とか保線区の人とかも仲良しだし」

「へえ、保線区の人とも」

保線区とは線路の保守点検や線路交換などをやっている部署で、乗客が簡単に接触できる人たちではない。そう考えるとテツコという愛称は伊達《だて》ではなく、可愛らしい見た目とは裏腹に筋金入りの乗り鉄なのかもしれない。

実際、テツコの鉄道人脈はそれだけでは終わらなかった。つぎの乗換駅、静岡駅では十三分の待ち時間に、ホームにいた中年の駅員や掃除のおばちゃんと近況を伝え合ったり、立食い蕎麦屋のおやじと冗談を飛ばし合って売り物の海老天《えびてん》をもらってきたり、半端ないほど鉄道関係者と仲がいい。

「どうやって知り合ったんだい？」

数えるほどしか乗客が乗っていない浜松行きが発車したところで聞いた。するとテツコは、一瞬、言葉に詰まってから、

「ていうか、改札の中はあたしの部屋みたいなもんだから」

困ったような顔で答えた。

「あたしの部屋って、そりゃ大きく出たなあ」

鉄道マニアもテツコほどになると、そんな感覚になるんだ、と笑いかけると、

「違うの。そういうことじゃなくて、あたしは改札の中にしかいられない人間だから〝部屋〟って呼んでるの」

唐突に語気を強める。

「だったら改札の中は〝テツコの部屋〟ってことだな」

とっさに和彦は軽口を飛ばした。なぜか気色《けしき》ばんだテツコを冗談で和《なご》ませようとしたつ

もりだったが、

「やめて、そういう言い方」

不快感を露《あら》わにされた。そこまで深刻な話題だとは思わなかった。

「いやごめん、冗談だよ冗談」

慌てて謝ったものの、それでもテツコは収まらない。

「和彦には冗談でも、あたしにはそう聞こえないの。あたしにだって葛藤《かっとう》ってもんがあるんだから茶化したりしないで！」


何がいけなかったんだろう。

のどかな旅気分が一変してしまったことに和彦は戸惑っていた。テツコには何かある。昨日から一風変わった気配は感じとっていたが、あの程度の軽口でここまで不快感をぶつけられたことに違和感を覚えた。

気まずい空気を乗せた電車は、焼津《やいづ》、掛川《かけがわ》、磐田《いわた》と東海道をさらに西へ向かった。テツコはまだ押し黙っている。車窓に目をやったきり口も心も閉ざしている。

仕方なく和彦も沿線風景を眺めていた。なんとか空気を変えなければ、とは思うものの、テツコの胸中《きょうちゅう》に潜《ひそ》んでいる何かがわからないまま踏み込んだら、今度は取り返しのつかない事態に陥《おちい》りそうな気がして口を開けないでいた。

重苦しさを抱えたまま浜松駅に到着した。ここでは五分の待ち合わせで豊橋行きに乗り換えなければならないのだが、二人とも無言でホームに降り立った途端、さらなる異変が起きた。テツコが突如、和彦の背後に回り込み、身を隠したのだ。

何事かと面食らっていると、目の前を背広姿の中年男が通り過ぎていった。がっしりした体躯《たいく》で周囲を威圧するように歩いていく。

「どうしたんだ？」

テツコに囁《ささや》きかけた。返事はない。気配を消すようにして身を隠し続けている。

「何かあったのか？」

もう一度、そっと声をかけると、不意にテツコは飛び退くように和彦の背後から離れ、男とは反対方向に走りだした。

驚いてあとを追いかけた。豊橋行きの発車まですでに三分を切っている。かまわずテツコはホームの階段をコンコースまで駆け下りるなり足を止め、階上のホームの様子をじっと窺っている。

和彦は近くにあった売店で鰻《うなぎ》弁当と缶チューハイを買った。静岡駅でもらった海老天はおやつに食べてしまったし、ちょうど昼めしどきだ。腹を満たせば多少ともテツコの気持ちが和むかもしれないと思った。

下りホームに発車アナウンスが流れた。テツコが弾かれたように階段を駆け上がり、豊橋行きの電車に飛び乗る。和彦も慌てて、ぎりぎりのタイミングで車内に駆け込んだ。

豊橋行きの車内も空席が目立った。再びテツコとボックス席に腰を下ろし、走り去るホームにふと目をやると、さっきの背広男が立っていた。その瞬間、テツコはひょいと身を屈《かが》め、男の視界から逃れた。

何を恐れているんだろう。さすがに訝しく思ったが、〝テツコの部屋〟の一件もある。うかつに触れるのもためらわれ、和彦は鰻弁当と缶チューハイを差しだした。

「昼めしでも食って、ちょっと落ち着こう」

落ち着こう、という表現がよかったのかどうか、言ってしまってから不安になったが、テツコは素直にうなずいた。無事に発車して安堵《あんど》したようで、それはよかったものの、静岡を発《た》って以来、彼女の感情の振れ幅が大きくなっていることが気にかかる。

だが、ここは知らんぷりしておくべきだろう。そう判断して和彦が黙って鰻弁当を食べはじめると、テツコは缶チューハイで喉を潤《うるお》してからふうと息をつき、

「あれは鉄警隊」

ぽつりと呟《つぶや》いた。え？　と和彦は箸《はし》を止めた。

「浜松のホームにいた人は、鉄道警察隊の私服なの」

鉄道警察隊とは鉄道専門の警察で、私服の隊員は主にスリや痴漢、車内暴力などを取り締まっているのだという。

「何かしでかしたのか？」

あえてストレートに問うと、黙って首を横に振る。

「だったら、なんで隠れるんだ」

「それは」

テツコは言い淀《よど》んでから、意を決したように言った。

「あたしは存在しない人間だから」

和彦は食べかけの鰻弁当の蓋《ふた》を閉じた。

二人の酒量からすればまだ大して飲んでいないのだが、テツコはもう酔ったんだろうか。でなければ、存在しない人間、なんてことを言うわけがない。

「どうして存在しないんだい？」

穏《おだ》やかに問い返した。テツコはしばしの間を置いてからぽつりと言った。

「あたしには戸籍がないから」

「戸籍が？」

思いもよらない返答だった。

「あたし、物心がついたのは三歳の頃だと思うんだけど、そのときは駅構内の貨物操車場の近くにある宿舎で暮らしてたのね」

夜勤が多い保線区の作業員や駅員が仮眠したり泊まったりする二階建てのプレハブ宿舎だったそうで、父親みたいな人と暮らしていたのだという。

「父親みたいって、父親じゃなかったってことかい？」

「ていうか、あたしは父親だと思ってたんだけど、あとあと、そうじゃない可能性があるって気づいたの」

電車の引き込み線に捨てられていた赤子を拾った保線作業員だったとか、駅売店のおねえちゃんとの不義の子を押しつけられた駅員だったとか、後年になってさまざまな噂《うわさ》を耳にしたそうだが、それが本当の父親だったかどうか、いまだに真相はわかっていない。とにかく、物心がついたときには駅構内のプレハブ宿舎で育てられていたそうで、その時点でテツコの出生届は提出されていなかった。

出生届が出されていない子は、そのまま無戸籍になる。だからテツコは本当の出生地がわからないままでいる。生年月日も三十年前の三月下旬と推定しているものの詳細は定かでないし、当時は〝姫《ひめ》〟と呼ばれていたらしいが本名もわからない。要は、物心がつく以前のことは人づてに聞いたものでしかなく、真相は藪《やぶ》の中だという。

「それにしたって、父親みたいな人がいたんなら出生届ぐらい出せると思うんだけど。戸籍がないなんて異常事態だろう」

「それはそうかもしれないけど、いまどき日本には無戸籍者が一万人以上もいるのね。無戸籍のまま成人した人もたくさんいるらしくて、あたしもその一人」

「いや、それにしても」

言葉を失った。無戸籍者の悲劇については、和彦もいつだったか新聞で読んだことがある。いまどき一万人以上もいるとは驚きだが、それにしても、テツコがそんな状態に置かれているとは思わぬ話だった。

「けど、あたしにはどうしようもないことじゃない。父親みたいな人もいろいろと複雑だったみたいだし」

実は彼には、別の場所にちゃんとした自宅があったようなのだが、テツコを連れて帰れない事情があったらしい。そこで、彼が自宅に帰ったときや仕事に出掛けたりしたときは、宿舎の賄《まかな》いさんが面倒を見てくれたり、休憩中の作業員や駅員が遊んでくれたりしていたという。

「うーん」

和彦は唸《うな》って腕を組んだ。テツコの語り口からして、けっして出鱈目《でたらめ》を言っているわけではないと思うのだが、実際問題、鉄道の宿舎で幼子を育てるなんてことが可能だろうか。そんな幼子がいることに施設長なり上司なりは気づかなかったんだろうか。聞けば聞くほど、どこまで信じていい話かわからなくなる。

さすがに不可解に思って、そこを突いてみると、テツコはふと車窓に目をやった。

「信じる信じないは和彦の自由だけど、あたしが生まれた年らしい一九八七年って、四月に日本国有鉄道、国鉄が民営化された年なのね。だから当時は新しい民間経営陣と労働組合が全国各地で揉《も》めてたみたいで」

いわば鉄道の端境期《はざかいき》ともいうべき時期だっただけに、管理部門も現場も混乱の渦中《かちゅう》にあった。そうした時代の狭間《はざま》で不遇な子を抱えて苦悩していた父親みたいな人を見かねて、周囲の鉄道関係者が手助けしてくれたのだろう、とテツコは言うのだった。

民営会社として七分割されたとはいえ、当時はまだまだ鉄道関係者たちの間に〝鉄道一家〟という意識が根づいていた。日本全国、鉄道に携《たずさ》わっている人間は家族だ、という戦前から連綿と続いていた身内意識が受け継がれていた。おかげで、みんなで不遇な子をフォローして育ててやろう、という無償の善意が働いて、宿舎の賄いさんはもちろん保線作業員、駅員、運転士、車掌、さらには売店のおねえちゃんや清掃員に至るまで、鉄道現場のあらゆる人たちに可愛がられながら〝姫〟は育った。

「だからあたしにとっては、生まれは不遇だったかもしれないけど、意外と楽しい子ども時代だったのね」

ふつうの子は三歳で自宅の庭を闊歩《かっぽ》して、四歳で近くの公園にお出掛けし、五歳ともなれば自転車でちょっと遠出をするようになる。それと同じ感覚でテツコは、物心ついたときからプレハブ宿舎の周りを闊歩して、四歳の頃には駅のホームにお出掛けし、ときに電車に乗せてもらって隣の駅まで遊びにいくようになり、五歳の頃には特急列車や寝台列車に潜《もぐ》り込ませてもらって、ちょっとした遠出をするまでになった。

ただその際、ひとつだけ自分でルールを設けた。改札の外には絶対に出ない。新幹線と私鉄の構内にも立ち入らない。在来線の駅改札内と電車の中だけがあたしのテリトリーだと決めた。

そして五歳を過ぎる頃には、だれからともなく姫改めテッコという愛称で呼ばれるようになり、周辺の鉄道関係者の間では公然の秘密とも言うべき存在になっていたという。

「うーん」

和彦はまた唸った。

それでもおれは信じられない。いや、信じたくない、と言いたかったが、頭の中は混沌《こんとん》とするばかりで言葉にできなかった。


豊橋駅のホームに電車が滑《すべ》り込んだ。

ここでまた八分の待ち時間を挟んで大垣《おおがき》行きに乗り換えなければならない。

するとテッコは身の上話を中断してそそくさと電車を降り、ホームの売店に向かって駆けだした。ここにも親しい人がいるらしく、駅弁が積まれた店先から声をかけると店員のおばちゃんが笑顔を覗かせ、二人で陽気に会話を交わしはじめた。

五歳の頃から電車で遠出しはじめた、とテツコは言っていた。あのおばちゃんもそうして親しくなった一人なんだろうか。その奇想天外な身の上話には、いまだ和彦は半信半疑でいるのだが、話が尽きない様子でしゃべり続けている二人を眺めていると、あながちテツコの作り話とも思えなくなってくる。

大垣行き快速電車の発車ベルが鳴りだした。この十四時三分発に乗れば、十五時十八分には目的地の岐阜駅に到着する。

テツコがおばちゃんに手を振って駆け戻ってきた。相変わらず乗客が少ない車内に飛び込むなりドアが閉じて発車する。快速の車内は二人掛けの椅子《いす》だけがずらりと並んでいるため、二人肩を並べて腰を下ろす。

「これ、豊橋駅名物の稲荷《いなり》寿《ず》し弁当。おばちゃんにもらっちゃった」

窓際に座ったテツコが口角を上げた。

「いやあ、そんなに食べきれるかな」

豊橋に着くまでテツコの身の上話に聞き入っていたから、浜松で買った鰻弁当がまだ半分以上残っている。

「頑張って食べようよ、おばちゃんが喜んで持たせてくれたの」

できることなら駅の外れにある電車基地にも挨拶《あいさつ》に行きたかったそうだが、時間がなかったから、と残念がっている。電車基地には五歳で家出してから三年以上世話になっていたそうで、すっかりご無沙汰《ぶさた》しているという。

「え、五歳で家出したのか」

和彦は目を剝《む》いた。

「そんなに驚かないでよ。五歳までは貨物操車場の近くのプレハブ宿舎を根城にしてたけど、六歳になったら小学校に行かせないとまずいって父親みたいな人が思ったらしくて、児童養護施設に預けられそうになったのね。だから宿舎を飛びだしたわけ」

「しかし小学校は行かなきゃまずいだろう」

「けどあたし、改札の外には絶対に出たくなかったから」

彼女の感覚では、宿舎や電車基地も含めて鉄道関係者しか入れない場所はすべて〝改札の中〟だ。そこから出ることはあり得なかったそうで、事実、それから現在に至るまで一度たりとも改札の外に出たことはないという。仮に児童養護施設に預けられていれば戸籍を取得できたかもしれないそうだが、それでも彼女は改札の外に出たくないばかりに、結局は戸籍がないまま大人になってしまった。

「じゃあ、その後も学校は？」

「行ってない。けど、どってことないよ。学校の勉強なんてどこでもできるし」

読み書きや計算はプレハブ宿舎に出入りしている大人たちに教わっていたから、五歳の時点ですでに何の不自由もなかったという。その後も、鉄道関係者の口コミを通じて各地の駅や宿舎にテツコの存在が密かに知れ渡っていたため、行く先々の大人たちが教え導いてくれて、また自らも進んで勉強するようになった。

暇《ひま》な時間があればホームのごみ箱に捨てられている新聞や雑誌、文庫本を拾って読みあさり、専門的な本が読みたくなったら名古屋や大阪など大都市の駅構内まで遠征し、当時はめずらしかった駅ナカの書店に居座って片《かた》っ端《ぱし》から読み耽《ふけ》っていたから、並みの小中学生には及びもつかないレベルの知識や社会常識が身についていった。

駅構内の売店や飲食店を手伝って食事を振る舞ってもらえるようになったのも、その頃からだった。幼い時分から世話になってきた人たちの店だけに、なまじのバイト学生より気心が知れているし、駅構内の事情にも精通している。勢い、短期間の手伝いであってもどこの店でも歓迎されたそうで、その積み重ねが現在のテツコの生活に繋《つな》がっているという。

「それにしたって、周囲の大人たちは本当に気づいてなかったのか？　テツコが学校に行ってないことに」

「そこはあたしもうまいことやってたの。家出してからはずっと通学してるふりをしてたし、読み書きと計算ができて社会常識も身についてれば、だれも疑わないいじゃない」

「戸籍のことも？」

「ふつう戸籍のことなんて調べないでしょう。こうやってほんとのことを話したこともめったになかったし」

「それにしたって、父親みたいな人はテツコが無戸籍だってことを知ってたわけだよね。いくら複雑な事情があったにしても、五歳の娘が家出して学校にも行けないとなったら放っておかないだろう」

「ていうか、逆にあの人は、あたしが家出してほっとしてたんじゃないかな。もう死んじゃってるから本当のことはわからないけど」

テツコが十二歳の頃だったという。夜勤明けの帰宅途中に交通事故に遭《あ》ってあっけなく他界した、と風の便りに聞いたそうだが、いったいどこまで不幸を背負ってきた娘なんだろう。

「やだもう、そんな暗い顔しないでよ。もともとあたしのことが重荷になってた訳あり男なんだし、あたしはなんとも思ってないの、あの男が生きてようが死んでようが」

テツコは泣きぼくろを揺らして明るく笑い、鰻弁当の残りを食べはじめた。

この笑顔は、いったいどういう笑顔なんだろう。無戸籍、家出、無登校、育ての親の死。どれをとっても、到底、笑い飛ばせる話ではない。

和彦はふと真顔になって聞いた。

「念のため、もう一度確認したいんだが、いま話してくれたことは本当の話か？」

急に、からかわれている気がしてきた。

「もちろん、マジな話だよ」

憮然《ぶぜん》とした声が返ってきた。

「だったら、なぜおれに話したんだ」

途端にテツコが目を逸らした。かまわず低い声でたたみかけた。

「これまで話してこなかったそんな重大な話を、知り合って間もない素性もよくわからないおれなんかに、なぜ話したんだ」

するとため息まじりにテツコが答えた。

「話すつもりはなかったけど、静岡を出発したとき〝テツコの部屋〟って言われたから」

車内アナウンスが流れた。まもなく名古屋に到着すると告げている。名古屋のつぎは尾《お》張一宮《わりいちのみや》に停車し、目指す岐阜には十五時十八分着だという。

岐阜に着いたらどうするつもりだろう。そろそろ目的を明かしてほしいと思うのだが、テツコは再び口を閉ざしてしまっている。

あれからテツコは、〝テツコの部屋〟という和彦の冗談が、身の上話の誘い水になった理由を話してくれた。

「あの言葉で、あたし、初めて気づかされたの。そうか、あたしは三十年もテツコの部屋に引きこもってるんだって」

自分では自立して自由に生きてきたつもりでいたのに、実際は改札の中という部屋に引きこもり続けてきたにすぎない。そう揶揄《やゆ》された気がしたのだという。

「いや、そんなつもりじゃ」

「そんなつもりじゃなくても、あたしにはそう聞こえたし、それがショックだった。だから本当のことを話したくなったの。本当のことを話して、あたしがどういう人間に見えるか客観的に教えてもらいたくなって」

ものの本で読んだところでは、引きこもりとは〝怒りを隠す〟ための行動であるらしい。しかも、いわゆる〝良い子〟と言われている子であるほど、自分の内面に蓄積《ちくせき》された激しい怒りの感情を押し隠すために、引きこもりというかたちで自分の心や体を周囲の人たちから隠してしまうのだそうで、

「だったらあたしの秘められた怒りって、なんなんだろう」

そんな思いを和彦にぶつけてみたくなったのだという。

和彦は奥歯を嚙《か》み締めた。そう言われてしまうと、どう答えたものか困ってしまう。テツコの中に秘められた怒りの源泉がどこにあるのか。彼女の身の上話から多少なりとも窺えないこともないが、それを安易に口にしていいものかわからなくて黙っていると、テツコもまた押し黙ってしまったのだった。

快速電車が名古屋駅に到着した。東海《とうかい》地方随一《ずいいち》のターミナル駅とあって、たくさんの乗

客が乗り込んできて、豊橋を発つときは空いていた車内が一気に満席になった。

「楽しみだな、岐阜は初めてだから」

再び電車が発車したところで、改めてテツコに微笑みかけた。車内も賑《にぎ》やかになったことだし、空気を一新したかった。

「名古屋には二回ほど出張で来たことがあるんだけど、関東の人間には岐阜って馴染《なじ》みがないから行ったことがなくてね。岐阜のイメージを聞かれても、織田信長《おだのぶなが》ゆかりの岐阜城と長良川《ながらがわ》の鵜飼《うか》いぐらいしか思いつかないし」

努《つと》めて明るく話しかけると、それがよかったんだろうか。テツコがふと顔を上げ、ぼそりと呟いた。

「今日は、あたしの三十歳の誕生日なのね」

え、とテツコの顔を見た。

「本当に今日かどうかはわからないけど、あたしが誕生日って決めた日なの。だから今日は久しぶりに岐阜に帰りたいと思って」

「帰りたい？」

とっさに問い返した。テツコが黒髪ボブを揺らして、こくりとうなずいた。途中から和彦も薄々は勘づいていたのだが、テツコが五歳まで育ったプレハブ宿舎は岐阜駅の構内にあったのだという。

「あの頃、あたしは姫って呼ばれていて、宿舎の賄いさん、保線作業員、駅員とか鉄道現場の人たちに育てられた、って話はしたよね。あの姫っていう呼び名は、実は、昔から岐阜に伝わる中将姫《ちゅうじょうひめ》の伝説からついたものなの」

天平《てんぴょう》の昔、奈良に生まれた中将姫は、幼くして母を亡くして継母《ままはは》に預けられた。ところが継母は中将姫を憎み、殺害を企《くわだ》てたため、気づいた家臣が姫を逃がした。以来、各地を彷徨《さまよ》い歩いた姫は病に冒《おか》された末に岐阜の願成寺《がんじょうじ》に辿り着き、祈りを捧《ささ》げた結果、見事に平癒《へいゆ》した。そのお礼の気持ちを込めて姫が一本の桜を境内《けいだい》に植えたところ、今日に至るまで霊験《れいげん》あらたかな中将姫誓願桜《せいがんざくら》として崇《あが》められてきたのだという。

「その桜が満開になるのが三月下旬なんだけど、あたしは推定三月下旬生まれでしょ。それを知った当時の岐阜駅の人たちが、この不憫《ふびん》な幼子は中将姫の生まれ変わりかもしれない、って言いだして姫って呼ぶようになって大事に育ててくれたらしいの」

和彦は黙ってうなずいた。それ以外、反応しようがなかった。するとテツコは名古屋郊外の田園風景を眺めながら続けた。

「ただ、あのプレハブ宿舎はもうないみたいなの」

地上駅だった頃の岐阜駅には貨物操車場が併設されていたが、その後、高架駅に改築されて貨物操車場は別の場所に移転。あのプレハブ宿舎もなくなってしまったとテツコは伝え聞いた。

「もちろん、それも時代の流れだから仕方ないんだけど、ただ、今日からあたしも三十路《みそじ》だと思ったら、なんだか急に懐《なつ》かしくなっちゃって」

ふと遠くを見やってからテツコは言葉を繋ぐ。

「で、話を戻すと、その岐阜駅のプレハブ宿舎から家出してしばらくは、東海地方を離れたくなくて、さっきの豊橋駅の電車基地とか、中央本線多治見《たじみ》駅の貨物ターミナルとかでお世話になってたのね。けど十年前、二十歳のときに、これからは東京を根城にしようって決めたの」

きっかけは、これもさっきの浜松駅で、鉄警隊の隊員に出会ったことだという。

「じゃあ、あの私服が？」

「そう、あの人」

「逮捕されたとか」

「そうじゃないけど」

満席の車内を気にしてか首を左右に振り、

「とにかく、そんなこんなで急遽上京しちゃったから、こっちとは疎遠になってたわけ」

といっても、上京後の生活もそれまでとさほど変わらなかった。その時分には、東京へ行き来している運転士や車掌、車内販売の販売員などを通じてテツコの存在が都市伝説のごとく広まっていたため、都内各駅の鉄道関係者が温かく迎え入れてくれた。

秋葉原駅の立食い蕎麦屋のおばちゃんもその一人で、浜松電車区の車掌に紹介されて上京初日に訪ねたところ、もともとおばちゃんが名古屋出身という同郷意識もあってか、

「好きなときに働きにおいで。〝テッコシフト〟を組んだげるから」

と歓迎してくれた。

その噂が都内各駅の関係者に伝わり、上野駅や品川駅の飲食店もテッコシフトを組んでくれたり、新宿駅が駅員用仮眠室や風呂を貸してくれたり、秋葉原駅の駅員が洋服や私物を入れたリュックを預かってくれたりするようになり、いつのまにか東京生活の基盤が出来上がっていった。

そうなると、鉄道に関するどんな情報にも耳聡《みみざと》い撮り鉄たちも放ってはおかない。朝の通勤通学時の電車撮影を〝朝練《あされん》〟と呼ぶそうだが、ルックス的にも目を惹くテッコに彼らも魅せられた。以来、テッコ目当ての朝練も繰り広げられるようになり、いまや在京鉄道関係者のマスコット的な存在として可愛がってもらっているという。

「ただ、そうは言っても、今日から三十路となれば、いつまでもマスコットでなんかいられないと思ったのね」

今回の岐阜行きをきっかけに、今後の生き方を考え直したくなったそうで、これってやっぱ歳とったってことだよね、とテッコは照れ笑いした。

気がつけば快速電車は、つぎの停車駅、尾張一宮を発車して、ほどなくして長野県から

流れ下ってくる木曽川《きそがわ》の鉄橋を渡った。その先には高層マンションがそびえ立つ街が望める。

あれが岐阜だろうか。

ふと見惚れていると再び車内アナウンスが流れ、まもなく岐阜駅に到着すると告げられた。

高架ホームに降り立つなり、一陣の風が吹き抜けた。

「いや寒いな」

和彦が身を縮《ちぢ》こめると、

「これ、〝伊吹《いぶき》おろし〟」

テツコが懐かしそうに目を細めた。岐阜の西にある伊吹山から吹き下ろしてくる空《から》っ風だそうで、三月下旬とはいえ肌を刺すように冷たい。

「けど、全然変わっちゃったな」

地上駅だった頃のホームには仲良しのおねえちゃんがいる売店があったそうだが、高架になったいまは見当たらない。あるのは大きなガラス窓に囲まれた待合室だけだ。

テツコは待合室へ向かった。ガラス戸を開け、並んでいるプラスチックの椅子に腰を下ろす。和彦も隣に座った。ここは静かに感傷に寄り添ってやろうと無言でいると、テツコがふと背筋を伸ばし、問わず語りにしゃべりはじめた。

「あたしには記憶があるの。昔の岐阜駅のホームにあったベンチに、ぽつんと一人きりで座っていた記憶が。いま考えると推定四歳の頃だったと思うんだけど、幼いながらもあたしには、宿舎に居候《いそうろう》させてもらってるっていう遠慮がちな気持ちがあったのね。で、ある日、なんとなく宿舎に居づらい感じだったときに、思いきって線路脇に伸びている通路をとことこ歩いて、初めての冒険っていう感じでホームのベンチまでやってきたの。そして冷たい伊吹おろしに直撃されて震えていたら、売店のおねえちゃんが、食べる？って銀紙に包まれたチョコをくれた。そのチョコが甘くて、ほろ苦くて、すっごくおいしくて、それが忘れられなくて翌日もまたホームまでとことこ歩いていったら、今度は駅員のおじさんが缶ジュースをくれた。それからなのね、駅の人たちとも仲良くなりはじめたのは」

いまにして思えば、おねえちゃんもおじさんも、プレハブ宿舎に預けられている幼い娘を不憫に思ってやさしくしてくれたに違いない。それでも当時のテッコは、売店のおねえちゃんは本当のお姉ちゃん、駅員のおじさんは本当の叔父《おじ》さんだと思っていた。そうして日々、ささやかな交流を重ねているうちに、いつしか鉄道一家の善意が広がりはじめ、それがいまに至るまで続いているのだと勝手に思い込んでいた。

「だけど、それって幻想かもしれない。三十路直前になって急に、そう思いはじめたのね」

だれの心にも善意、慈悲《じひ》、博愛といった気持ちが宿っているものだ。それを心地よく発《はっ》露《ろ》できる対象として、テツコという娘が祀《まつ》り上げられ、いわばみんなの幻想のおかげで、たまたま生かされてきたのかもしれない。

「そう思ったら、これからもそれでいいんだろうか。テツコとして生きていくことが本当に幸せなことなんだろうかって、突然、いままでになかった思いが湧《わ》き上がってきて、どうしていいかわからなくなっちゃって」

そんなときに現れたのが和彦だった。

見た目はよくいる中年のおやじだったが、ただ、どこか〝父親みたいな人〟に似ていた。顔とか性格とかではない。全身から漂《ただよ》ってくるぼんやりした空気感が妙に似ている気がして、この人と再び岐阜駅を訪ねたら、どんな心境になるだろう、と閃《ひらめ》いたのだという。

そういえば今日の午前中、富士山が見えはじめたあたりで、なんでおれみたいなおやじと旅しようと思ったんだい？　と和彦は聞いたものだった。あのときはスルーされてしまったが、そうか、そういうことだったのかと思った。

「で、実際に岐阜駅を訪ねてみて、どんな心境になったのかな」

あえて聞いてみた。

「やっぱ、どうしていいかわからない」

テツコが苦笑した。かつての貨物操車場もプレハブ宿舎もホームの売店もなくなり、売店のおねえちゃんも駅員のおじさんも、どこに行ったかわからない。そんな岐阜駅を目《ま》の当たりにして、これからどんな立ち位置で生きていけばいいか、ますますわからなくなったという。

「だったら、この際、改札の外に出てみたらどうだい？」

旅の途中からつらつら考えていたことだが、いつまでも無戸籍のまま改札の中に引きこもっていていいわけがない。

「よかったら、おれが後見人になって応援するから、引きこもり生活に見切りをつけたらどうだろう」

思いきって言ってみた。ここにきて初めて、テツコを本気で助けたいと思ったからだ。二十代で結婚に失敗して以来、ぼんやりと生きてきた和彦の中に、善意とも慈悲とも博愛とも違う、男の庇護《ひご》欲とでも言うべき感情がふつふつと湧き上がってきた。

具体的には、できれば結婚というかたちが望ましいが、それは拒《こば》まれるだろうから、養子縁組してでも改札の外に連れだしてやりたい。そして三十路を境に、戸籍のある真っ当な社会生活を送らせてやりたい、と心の底から思った。

途端にテツコがため息をついた。

「前にも同じことを言った人がいた」

え？　と和彦が首をかしげると、しばしの間合いを置いてから答えが返ってきた。

「浜松駅にいた鉄警隊の人」

ちょうど十年前、浜松駅で知り合った彼も、和彦と同じように無戸籍を心配して、後見人になるから改札を出ようと言ってきた。

だが、テツコは拒んだ。それでも使命感に燃える彼は職務権限を楯《たて》に強行しようとしたことから、テツコは彼の管轄外に逃れるため東京に根城を移したのだという。

「まあ確かに、十年前だと早すぎたのかもしれないね。でも、それから十年を経たことでテツコがいまの心境になったんだとしたら、ここは思いきって生き方を変えてみるのもありだと思うんだ。一度改札の外に出たとしても、いつだって改札の中に出入りできるわけだしね」

そう思わないかい？　と和彦はテツコの目を覗き込んだ。

高架ホームから階段を降りてくると、中央改札口に人影はなかった。午後のこの時間は乗降客が少ないのだろう、電車が走り去ったあとの改札口は閑散《かんさん》としている。

いいタイミングだと思った。せっかく和彦の説得に応じて、改札の外に出てみる、とテツコが心を決めてくれたのだ。嫌だったらまた戻るからね、という条件つきではあるものの、まずは改札口の外に出ることが大切だ。その点、ひと気《け》のない改札口なら通り抜けやすいし、いざというときフォローもしやすい。よし、と内心喜んでいると、そのときテツコが声を上げた。

「あ、売店がある」

改札口の左手にコンビニタイプの売店を見つけて、いそいそと歩いていく。かつての知り合いがいるか確かめたいのだろう。

和彦は改札脇の駅事務室へ急いだ。下手《へた》に旧知の人がいてテツコに里心がついてもいけない。さっさと精算して改札を出てしまおうと、駅事務室にいた初老の駅員にICカード定期を手渡し、彼女も東京から一緒に来たのだが途中で切符を失《な》くしてしまった、と釈明して切符再発行手数料も含めて二人分の運賃を支払った。

そこにテツコがやってきた。売店に知り合いはいなかったらしく落胆した面持ちでいる。和彦は安堵した。ほかに改札内に店はない。精算は済ませといたぞ、とテツコに告げてひと足先に改札を通過した直後に、

「テツコ」

初老の駅員が声を上げた。

テツコが足を止めた。しかし駅員は確信が持てないのだろう、

「テツコ、だよな」

恐る恐る再確認した。

「やだミネさん、久しぶり！」

テツコが破顔した。途端に駅員も相好《そうごう》を崩《くず》し、

「いやびっくりしたなあ、泣きぼくろとおかっぱ頭ですぐわかったよ。もう二十年、いやもっとになるかな。どうしてたんだ？　いくつになったんだ？」

駅事務室から身を乗りだして矢継ぎ早に問いかける。

「今日でちょうど三十になったの」

テツコが声を弾《はず》ませて答えた。

「へえ、そりゃ見えないなあ」

「やだもう、すっかりおばさんだよ」

照れ笑いするテツコの肩を、まあ元気でよかった、と初老の駅員がぽんぽん叩《たた》いている。

まずい展開になった。このままでは彼女の決心が揺らぎかねない。いまテツコに必要なのは、とりあえず改札の外に出ることだ。テツコの部屋から離れることで彼女の新しい人生がはじまるのだ。

「ちょ、ちょっといいか」

改札の柵越しに呼びかけ、旧交を温めるのは、いったん改札を出てからにしよう、と諭《さと》

した。

「んもう、少しぐらい待ってよ、ミネさんと話したいの」

「気持ちはわかるが、とりあえず改札を出てからにしよう」

ここでテツコに里心をつけさせてはならない。引きこもりになった人の社会復帰の第一歩は、とにかく部屋から連れだすことだと聞いたことがある。

「勝手なこと言わないでよ、まだ会って一週間だっていうのに何様のつもり？」

再会を妨《さまた》げられたと思ったのか、急に邪険な物言いをする。

「そういう言い方はないだろう」

かちんときて睨みつけると、

「ああそう、だったら和彦とはここでお別れ」

ぷいっと横を向かれた。ちょっと待て、と二の腕を摑《つか》んだ。

「放してよ！」

テツコが叫び声を上げ、すかさず初老の駅員が飛んできた。

「いや違うんだ、彼女は外に出なきゃいけない人なんだ」

慌てて弁明して、そうだよな、とテツコに同意を求めたものの、とにかく放して！　と激しく首を横に振る。

「いまさらそれはないだろう。だったら、なんでおれを岐阜に連れてきたんだ。テツコだって、それを期待してたんだろ？」

「はあ？　そんなこと言うわけ？　和彦こそ何か期待してついてきたくせに！」

「なんだと！」

たまらず声を荒《あら》らげたもののテツコは引かない。

「なんであたしが怒られなきゃならないわけ？　あたしはあたしで一生懸命生きてきただけなのに、なんであたしばっかり」

言いかけて言葉に詰まったかと思うと、突如、ぽろぽろ涙を流しはじめた。

「お客さん、鉄警隊を呼ぶよ」

固唾《かたず》を呑んで見守っていた初老の駅員に警告された。本気の顔だった。

もはや何を言っても無駄だと悟《さと》った和彦は、やりきれなさを抱えたまま改札口を離れた。

一年後の三月下旬。

東中野の自宅を後にした和彦は、線路沿いの土手に立ち並ぶ桜の木々を見上げた。枝先の蕾《つぼみ》が大きく膨《ふく》らんでいる。テレビの開花予想では、あと数日で東京も満開だと言っていたから春本番は目の前だ。

ふと、岐阜に伝わる中将姫の伝説を思い出した。早いものだと思う。気がつけば岐阜から帰って再度の春がめぐってきたわけで、一年なんて瞬《また》く間だと思い知らされる。

今日は朝一番で、池袋《いけぶくろ》の会社の面接に呼ばれている。これで二度目の面接だから、うまく乗り切れば採用されるかもしれない。岐阜駅でテツコと別れた一か月後、秋葉原の家電量販店を辞めて以来、失業保険などで食いつないでいたのだが、ようやく新たな道へ踏みだせそうだ。

店を辞めた理由は、いくつかある。テツコのために出張販売した小型ヘアドライヤーの社内精算をつい失念してしまったこと。その出張販売した当日に急な休みを取ってテツコと飲み歩いていたところを、外回りに出ていた店の人間に見られてしまっていたこと。そして、この一件が販売部長の耳に入ったことが引き金となったのだが、ただ、和彦としては、もうひとつの理由のほうが大きかった。

過酷な運命に翻弄《ほんろう》されてきたテツコとの出会いと別れを経て、ぼんやりと惰性《だせい》で生きてきた日々を断ち切ろうと思い立ったのだ。

『あなたって、なんにも考えてない人ね』

二十代で別れた元妻から投げつけられた言葉通り、恥ずかしいほど何も考えることなく生きてきた和彦だが、テツコと強制訣別《けつべつ》させられた直後に、いまこそおれも生き方を変えなければ、と一念発起《いちねんほっき》。部長から大目玉を喰《く》らった翌日に辞表を提出したのだった。

あれからテツコは、どうしているだろう。東中野駅から電車に乗り込んだ和彦は、改めて一年前の春を思い起こした。

岐阜駅の改札口で追い払われたあの日、和彦は頃合いを見てもう一度、テツコに迫ろうと改札内に入ろうとしたものの、再び初老の駅員に遮《さえぎ》られた。仕方なく、黄金色《こがねいろ》の織田信長像がそびえ立つ岐阜駅前からタクシーに乗った。首尾よく運べば改札の外に飛びだしたテツコとともに信長ゆかりの岐阜市内を散策するつもりでいたのだが、それが叶《かな》わないとわかったことで、伝説の中将姫が訪れた願成寺に行ってみたくなった。

中将姫誓願桜は、まだ開花前だった。それでも、国の天然記念物にも指定されている名木とあって観光客がちらほら訪れていたが、春の陽《ひ》を浴びて佇む樹齢千二百五十年余りの一本桜を見上げた和彦の目には、我知らず涙が滲《にじ》んだものだった。

再び岐阜駅に戻ったときには、すでに初老の駅員もテツコも見当たらず、改札の中にもすんなり入れて帰京できたものの、それっきりテツコには会えていない。というより、あえて捜して会おうという気にもならないまま一年が過ぎたのだが、不思議なことに、いまとなっては最後に裏切られた悔《くや》しさより、結局は改札の中というテリトリーに留《とど》まる選択をしたテツコの覚悟が、逆に潔《いさぎよ》く感じられたりもする。

テツコは元気にしているだろうか。

ぼんやりと思いを馳《は》せていると、電車が新宿駅のホームに滑り込んだ。池袋へ行くには、ここで山手線に乗り換えなければならない。和彦はそそくさと降車し、通勤客がわさわさ行きかう地下通路へ向かった。

そのとき、え、と目を見張った。地下通路の人波の中に黒髪ボブの女性がいたからだ。ここからでは後頭部しか見えないが、あの黒髪ボブの揺らし方は間違いなく、テツコだ。一年ぶりのテツコが新宿駅東口の改札へ向かって歩いている。

和彦は足を速めた。溢れ返る通勤客の間をすり抜けながら小走りで黒髪ボブを追った。ところが、押し寄せる人波に邪魔されて距離を詰められない。どこへ行くんだろう。駅事務室か、売店か、駅裏の仮眠宿舎か。

やがてテツコは東口の改札に突き当たった。これで追いつける。ほっとしてさらに足を速めた瞬間、和彦は息を呑んだ。ようやく上半身まで見えたテツコが不意にICカードを取りだしたかと思うと、自動改札機にちょこんと当てて通り抜けていったのだ。

愕然《がくぜん》とした。ひょっとして人違いだったんだろうか。いや違う。改札を抜けてからも飄々とした存在感を湛《たた》えて歩くその姿は、テツコ以外の何者でもない。

ということは、テツコは改札の外に出られるようになったんだろうか。あるいは、と考えてぞくりとした。あるいはテツコは、もともと改札の外で暮らしている人間で、和彦が騙《だま》されただけではないのか。あのときの話はそっくり作り話で、まんまとからかわれただけではないのか。

まさか。だったら岐阜駅での一幕はどうなる。あのときのテツコの涙は何だったのか。

頭がくらくらしてきた。周囲の喧騒《けんそう》が何も聞こえない。

気がつくと、黒髪ボブが人波の中に消えている。どうしよう。いまからでも追いかけて問い質《ただ》そうか。

だが、足を止めた。これ以上詮索《せんさく》したところで何の意味があるだろう。彼女との出会いと別れをきっかけに、おれは新たな道へ踏みだせた。それでいいじゃないか。それ以上、何をどうしようというのか。

和彦はひとつ深呼吸した。そして未練を断ち切るように踵《きびす》を返すと、山手線のホームへ向かって歩きだした。

エクスキューザー

遅刻出勤した直後に、大畑《おおはた》課長に呼ばれた。

「文香《ふみか》、ちょっといいかな」

一緒に社長室へ行ってくれという。

「社長室、ですか」

「そうだ、若社長が折り入って話したいとおっしゃってる」

あたしと？　と文香は眉根《まゆね》を寄せた。

東京の下町で蒲鉾《かまぼこ》やおでん種《だね》などの練り物を製造している『株式会社TAKASUGI』は、従業員二百三十人の中小企業だが、主任クラスの文香がいきなり社長室に呼ばれるようなことはまずない。一年前、若社長こと高杉《たかすぎ》社長が父親の跡目を継《つ》いでからは、たまたま社員食堂で一緒のテーブルになって世間話を振られることはあっても、名指しでじかに呼ばれるのは異例といっていい。

どういうことだろう。

文香は訝《いぶか》った。仕事はちゃんとやっている。これでも女性総合職として正社員で入社し、二年前、二十七歳にして主任に昇格したのだ。男性の総合職でも三十代前半の主任昇格がふつうだから、人並み以上の仕事ぶりが評価されたに違いないと自負している。

となると、ひょっとして勤務態度が引っかかったんだろうか。

今週はこれで二回目の遅刻になる。今月の回数でいえば四回目。これが世間的に多いか少ないかはわからないが、ただ、仕事の成果は上げているのだから十分二十分の遅刻がなんだというのだ。製造ラインの定時稼働を担《にな》っている工場勤務ならいざ知らず、文香は仕入れ担当だ。時差がある海外の得意先からも買いつけているだけに、仕事を持ち帰って深夜にやりとりすることもめずらしくない。多少遅れたぐらい大目に見てよ、と言いたいのだが、結局、遅刻を問われない課長職に昇進するしかないのだろうか。

「失礼します」

大畑課長に導かれて社長室に入ると、

「おう、文香くんか」

イタリア製のスーツで決めた若社長がデスクから立ち上がった。鼻筋の通った顔立ちは、いかにも若社長然とした風貌《ふうぼう》で、三十代後半にして独身とあって、女性社員やパートのおばちゃんたちにも意外と人気がある。

「まあ掛けてくれ」

応接セットのソファに促《うなが》された。だが文香はその場に立ったまま、満面に笑みを浮かべて声を張った。

「高杉社長、モロッコ産の蛸《たこ》、ようやく確保できそうです!」

「ほう、モロッコ産を」

いきなりの朗報に若社長が目を見開いた。

「そうなんです。今年のモロッコ産は質量ともに素晴らしくてフランスやスペインと奪い合いになっているんですが、ゆうべ自宅からダメ押しの条件を突きつけたら一気に話が進んで、かなりの量を確保できそうです」

「それは素晴らしい」

若社長が相好《そうごう》を崩《くず》した。

ところが、隣の大畑課長は眉間《みけん》に皺《しわ》を寄せている。

「文香、それ、ほんとの話か?」

おれはまだ聞いてないぞ、と言わんばかりの物言いだった。この人は自分が知らされていないことを何より嫌う。

「すみません、深夜仕事でつい寝坊して遅刻しちゃったものですから、報告の順序が逆になっちゃいまして」

しおらしく頭を下げてみせると、

「まあ大畑課長、今日のところは仕方ないでしょう」

若社長が取りなすように言った。

「ですけど若社長、文香はこのところ遅刻続きでして」

歳下のトップを諫《いさ》めるように課長が言い返したものの、若社長は笑って諭《さと》す。

「文香くんはこうして頑張ってるんですから、多少の遅刻は大目に見てあげましょう」

よし、と思った。けさ寝過ごしたのは、ゆうべ学生時代の友だちと深酒《ふかざけ》したせいなのだが、社長室に来る途中、モロッコ蛸の言い訳がふと頭に浮かんだ。

実をいうと、モロッコ蛸の件はまだ確定ではない。それでも、確保できそう、なのは事実だから、後々どうにでも辻褄《つじつま》を合わせられると踏んで、とっさに言い訳に利用したのだった。

「文香ったら言い訳上手なんだから」

先輩社員の良美《よしみ》さんにはよくからかわれるが、勤務態度のことで呼ばれたのだとすれば、初《しょ》っ端《ぱな》に仕事の成果をアピールしてから非を詫《わ》びて言い訳したほうが心証がよくなる。嘘《うそ》と方便は紙一重《かみひとえ》。ほどよい狡《ずる》さもまぶしつけて、ひと芝居打ったのが功を奏した。

ただ、これは若社長だから使えた手だ。学生時代にアメリカに留学して現地のＩＴ企業で活躍していた人だけに、成果さえ上げていればノープロブレム、という欧米流の合理的な考え方が身についているはずだ。そこでアピールを先行させて釈明に落とし込んだのだが、相手が大畑課長だったら話は違ってくる。

規律と忖度《そんたく》を何より重んじる大畑課長の場合は、怒られたら間髪《かんはつ》を容《い》れず土下座《どげざ》せんばかりに頭を下げて泣きの釈明に持ち込み、利より情で攻めたほうが懐柔《かいじゅう》しやすい。要は、相手に応じて言い訳の中身もタイミングも、ほどよい狡さとともに使い分けることが肝心《かんじん》で、これを心得ている文香だからこそ、良美さんも言い訳上手と言ってくれる。

いずれにしても、機転を利《き》かせた言い訳のおかげで若社長が納得してくれたばかりか、上司の意向には逆らえない大畑課長も黙らせられた。文香、よくやった、と内心ほくそ笑んでいると、若社長が大畑課長に告げた。

「ちょっと外してくれますか」

「は？」

戸惑《とまど》いの表情を見せた課長に、若社長は恐縮顔で言い添えた。

「申し訳ないんですが、今日は文香くんとサシで話したくて呼んでもらったんですよ」

そう言われては抗《あらが》えない。不満げな面《おも》持ちで大畑課長が社長室を後にするなり、文香くん、とりあえず座ってくれるかな、と再び若社長からソファを勧められた。

覚悟を決めてソファに腰を下ろすと、若社長がデスクの脇の冷蔵庫からドクトルペッパーのペットボトルを取りだし、グラスに注《つ》いでくれた。

　ドクトルペッパーは文香の世代にはあまり馴染《なじ》みがないし、正直、苦手な味だ。いつだったか一度だけ飲んだときは半分も飲まずに放棄したものだった。なのに若社長にとっては欠かせない飲み物らしく、さすがアメリカ帰りは妙なものが好きだと社員の間でもよく話題になるのだけれど、注がれてしまっては仕方ない。

　漢方薬みたいな味の炭酸ドリンクを無理やり喉《のど》に流し込み、ふう、と苦い息をついているとソファの向かいに座った若社長はペットボトルごとラッパ飲みしてから足を組み、嬉《うれ》しそうに笑いかけてきた。

「いやさっきはお見事だったねえ」

「はい？」

「きみのエクスキューズだよ、まさにエクセレントだった」

　ネイティブっぽい発音で褒《ほ》められたが、何を言われているのかわからなかった。きょとんとして首をかしげると、社長は欧米人っぽく両手を広げた。

「釈明だよ。さっきの文香くんの釈明には感服したと言っている」

　え？　と文香は身構えた。

「おいおい、そんなに警戒しないでくれよ。けっして皮肉を言ってるわけでも怒ってるわけでもないんだ。まずは成果をアピールしてから釈明に落とし込む。ほどよい狡猾《こうかつ》さも含めて、見事なエクスキューズ戦略だったと本気で感心してるんだよ。とっさの機転で、モロッコ産の蛸が確保できそう、と絶妙な言い回しで攻め入った演出は、いや巧《たく》みだった」

どんな表情をしたものか困った。つまり社長は、さっきのくだりは、すべてお見通しだったと言っている。

「申し訳ありません」

思わず詫びてしまった。途端に社長が表情を引き締めた。

「そこは詫びるところじゃないな。せっかく見事なエクスキューズを決めたというのに、素《す》に戻ってどうする」

「でもわたしは」

「まあいい、ちょっとびっくりさせたかもしれないね」

再び柔和《にゅうわ》な顔に戻ると若社長はソファから立ち上がり、磨《みが》き上げた革靴《かわぐつ》をこつこつ鳴らして社長室の中を歩き回りながら続けた。

「実は今日、わざわざ来てもらったのにはわけがある。ぼくが社長になって以来、社内改革を進めると同時に、社名を〝高杉蒲鉾〟から〝TAKASUGI〟に改めて、独自の成長戦略を打ちだしていることは文香くんも理解しているよね」

はい、とうなずいた。日本では昔ながらの庶民食といったイメージしかない練り物製品だが、いまや欧米では新たなヘルシーフードと認識されている。カニカマ入りパスタ、すり身揚げのフィッシュ＆チップスなどは当たり前で、練り物製品全般が〝SURIMI〟

という呼び名で定着している。

そこで昨今、大手の練り物メーカーは積極的に欧米進出を推《お》し進めているのだが、若社長はその流れに追随《ついずい》するだけではダメだと考えている。欧米向けの商品を開発して進出しつつ、そのヘルシーイメージを逆輸入して日本でも新たな練り物ブームを巻き起こし、国内外ともにシェアを拡大してこそ勝ち組になれると常々主張している。

「ところが、そもそもこの会社は町工場からスタートした泥臭い会社だから、ぼくの成長戦略についてこられないばかりか、足を引っ張る社員が多くてね。とりわけ、社歴が長い社員ほどそうなんだが、なぜだと思う？」

また問いかけられた。ここは率直に答えようと本音を口にした。

「頭が硬直しているからだと思います」

一瞬、言いすぎたかと思ったが、はっはっはと社長は笑って足を止め、文香を指さした。

「ザッツライト！　正解だ。さっき外させた課長なんかはその筆頭格で、頭が硬直した社員たちが成長戦略の推進を阻《はば》んでいるんだが、彼らに共通して欠如しているものとは何だろう」

「コミュニケーション力、ですか？」

「うん、大括《おおぐく》りにすればその範疇《はんちゅう》に入るかもしれないが、とりわけ彼らに欠如しているのはエクスキューズ力だ。〝釈明力〟と言い換えてもいい。一般に、釈明というとマイナスイメージがあるようだが、それは違う。ビジネスにトラブルや不祥事はつきものだ。絶え間なく降りかかってくるトラブルや不祥事に臆《おく》することなく、機転を利かせた釈明力を駆使してピンチをチャンスに変えてこそ成功を摑《つか》めるんだな。ところが、うちの硬直頭社員たちときたらどうだ。男たるもの女々《めめ》しい釈明などするものではない。そんな固定観念に囚《とら》われている古参社員たちは、ただ潔《いさぎよ》く詫びればいいと思い込んでいる。いやもちろん、釈明の一手段として詫びることも必要だ。しかし世の中、ただ詫びればいいってもんじゃないし、逆にそれだけでは納得しない相手のほうが多いんだな」

結果、トラブルを察した競合企業に出し抜かれて、せっかくの新市場を奪い取られたり、不祥事の申し開きに失敗して取引先の信頼を一気に失ったり、これまで何度となく煮え湯を飲まされてきたという。

「だが、もはや黙って手をこまねいてはいられない。ぼくの成長戦略を成功に導くためには、いま手を打たなければ、この会社にまず未来はない。そこで考えたんだが」

若社長は再び足を止め、文香の目を覗《のぞ》き込んできた。

「文香くん、いまこそ、きみのエクスキューズ力を生かした社長直属の画期的な新部署を立ち上げようと思う」

「わたしのエクスキューズ力、ですか?」

「そう、釈明達人のきみの噂《うわさ》はぼくにも伝わってきているし、さっきの釈明で噂通りだと確信した。エクスキューズ力に長《た》けた文香くんのパワーを存分に発揮して、硬直頭から若手まで、うちの全社員に本物のエクスキューズ力を叩《たた》き込んでほしいんだ。そこで、その新部署の名前を考えたんだが」

思わせぶりに間を置くと、

「『エクスキューズ開発室』だ！」

自分に酔い痴《し》れるごとく宣言した。

「また妙なことを考えだしたもんね、アメリカ帰りったら」

先輩社員の良美さんが、くすくす笑いながらスプーンを口に運んだ。

「ですよね。物は言いようだけど、要は言い訳を考える部署ってことじゃないですか。あたしもう、ぽかんとしちゃって」

文香も一緒に笑ってケチャップがついた唇《くちびる》を紙ナプキンで拭《ぬぐ》った。

久しぶりに良美さんを外ランチに誘って、オムライスを食べている。二歳上の彼女とは、新入社員歓迎会の席で意気投合して以来、仲良くしてもらっている。歳は違っても妙な気兼ねがいらないフランクな関係だから、二人ランチや二人飲みに出掛けてはぶっちゃけ話を楽しんでいるのだが、若社長の仰天《ぎょうてん》宣言に困惑した今日も、良美さんと話したくなって会社近くのファミレスにやってきたのだった。

「しかも良美さん、聞いてくださいよ。そのエクスキューズ開発室の初代室長には、文香くんを抜擢《ばってき》する！　だって」

「やだ、文香が室長？」

「そうなんです。もうびっくりしちゃって、まだ二十代なんですけどいいんですか？　って確認したら、ぼくの抜擢に年齢性別は関係ない、できる人間が上に立つのが当たり前の会社にしたいんだ！　って」

「それにしたって、なんで文香だったんだろ」

「あたしだってわかんないですよ、言い訳が上手だから室長にするなんてギャグでしかないし。けど、きっと良美さんのせいだと思う。言い訳上手の文香、とか社内のみんなに言いふらしてるんでしょ」

意地悪な目を向けた。実際、良美さんは二年前に総務部人事課に異動して、いまや全従業員と面識がある。

「べつに言いふらしてなんかいないって。ただ文香は、若手の女子とかパートのおばちゃんとかによく相談されてるじゃない」

「あれは恋愛とか人間関係とかの相談ですよ。彼氏にどう言い訳するか迷ってる、みたいなやつばっかりだし」

「それでも、頼りになる人っていう噂は自然と伝わるもんなのよ。若社長もたまに社員食堂でランチしてるから、そのとき耳に入ったのかもね。文香ってけっこう美形だし、そこも気に入られて狙《ねら》われてんじゃないの？」

「そんなんだったら断りますよ、全然タイプじゃないし」

「けど、どっちにしてもよかったじゃない。室長になったらもう遅刻しても怒られないし、大畑課長より格上だよ」

「え、課長より上なんですか」

「もちろんよ、社長直属の室長と比べたら平課長なんか格下。給料もどーんと上がるだろうし、いいなあ、アメリカ帰りのおかげだね。こんど飲みに連れてってください、室長」

「やめてくださいよ、あたしは正直、怖いんですから」

「怖い？」

良美さんが首をかしげた。

「だって、社員のエクスキューズ力を伸ばすなんて、どうやっていいかわかんないし」

「若社長はどうやれって言ってるの？」

「まずは〝ナレッジマネジメント〟を実践《じっせん》しろって」

「はあ？」

「〝暗黙知〟を〝形式知〟に転換してナレッジを共有化し、企業としての競争優位性の確保に向けて先鞭《せんべん》をつけろって」

「何言ってるかわかんない」

「でしょう。あたしもわからなかったから調べてみたら、暗黙知っていうのは個人が持ってる知識とか経験とかのこと。形式知っていうのは文章とか図とかでマニュアルみたいな形にまとめたもの。で、ナレッジは知識とか情報とかの意味だから、早い話が、社員一人一人が持ってる知識や経験を集めてまとめれば、全社員が同じ知識や経験を共有して行動できるようになってもっとすごい会社になる、ってことらしいです」

「なんか当たり前のこと言ってるだけかも」

「ですよね。わざわざややこしい言い方して煙《けむ》に巻くのがアメリカ帰りの手口かもしれないけど、エクスキューズ力の向上のためにそうしろって命じられても、やっぱどうやっていいかわかんないし」

「まあでも、とりあえずは社員から言い訳のエピソードを集めて、マニュアルにまとめて社内ネットに上げとけばいいんじゃない？」

「そんなんでいいんですか？」

「うん、それでいい気がする。要は生徒会長みたいな感じかな。生徒の声を集めて、それを上手にまとめて全校に発信すれば、高杉校長も喜んでくれると思うし。おまけに給料が上がって遅刻しても怒られないんだから、逆にラッキーじゃない」

すごいなあ、大出世ね、と眩《まぶ》しい目をしてみせると、良美さんはオムライスを平らげ、デザートも食べよっか、とメニューを眺《なが》めている。

それでも文香はすっきりしなかった。

「だけど、エクスキューズ開発室のオフィスってどこになるんだろう」

当面は一人きりの部署だから、良美さんがいる総務部にでも居候《いそうろう》させてもらえれば、多少とも寂しさを紛《まぎ》らわせると思った。

「総務部の部屋は、きつきつだから、ちょっと無理かもね。けど、そういえば工場の脇にプレハブの物置小屋があるでしょ。あそこを近いうちに模様替えするからよろしくって、うちの課長が言ってたな」

「え、物置に押し込められてエクスキューズ対策をやるんですか？　そんなの島流しもいいとこじゃないですか」

「だけど、ほかに空《あ》いてる場所がないんだよね。最近、若社長がどんどん部署を新設するから、オフィスの割り振りが大変で」

「それにしても物置だなんて」

急にまた憂鬱《ゆううつ》になった文香は、スプーンを置いてため息をついた。

三日後には早くも、プレハブ物置小屋の新オフィスへ引っ越しさせられた。

言うことを聞かない文香を持て余していた大畑課長が、若社長の気が変わらないうちにと率先して段取りを組み、さっさと追いだしにかかったらしく、早々にエクスキューズ開発室が誕生してしまったのだ。

仕方なくその日、文香は仕入課のデスクを片付け、書類や文房具、私物などを詰めた段ボール箱を手に練り物工場の脇にある物置小屋へ向かった。その入口には良美さんが発注して作ってくれた『エクスキューズ開発室』のプレートが貼られている。

「ここがあたしのオフィスか」

思わず独《ひと》りごちながらガタつくサッシの引き戸を開けると、生臭さが鼻を突いた。なにこれ臭ーい、と鼻をつまみながら八畳ほどの物置小屋に入ると、そこは上《うわ》っ面《つら》だけオフィスっぽく整えられていた。当面は文香が一人きりで働くオフィスではあるけれど、とりあえず事務デスク三台に電話機とパソコンがセットされ、複合コピー機、ファイル棚なども並べられている。なのに壁際《かべぎわ》には、片付けきれなかった練り物の加工道具がそっくりそのまま残されている。鮮魚を入れていたトロ箱のほかスコップ、大型ポリバケツ、ゴムホース、竹箒《たけぼうき》、作業用の長靴などが雑然と山積みされている。

どうりで生臭いはずだ。あとで消臭剤を買ってこよう。うんざりしながらデスクの椅子《いす》に腰を下ろし、ふう、と息をついていると携帯電話が振動した。ぼくとのホットラインに使ってくれ、と若社長から渡された社用携帯だ。

「いよいよ新部署のスタートだな。この会社を背負って立つ重大な任務を担う文香くんには、大いに期待している。頑張ってくれたまえ！」

威勢のいい声で檄《げき》を飛ばされた。この会社を背負って立つには生臭すぎ、と言い返したかったが、それでも給料は五割増しになったし、今後の成果次第では秘書や部下をつけてやる、とも言われている。ここは穏便《おんびん》にいこうと思い直し、

「よろしくお願いいたします」

神妙に挨拶《あいさつ》して電話を切った。

さて、どこから手をつけようか。

しょぼくれたオフィスを見回しながらしばし考えをめぐらせ、まずは段ボール箱から守秘義務の誓約書を取りだした。

社員としての守秘義務厳守については入社時に誓約書を提出したが、エクスキューズ開発室、略して〝エク室〟では、会社の秘密情報はもちろん社員のプライバシーも含めた案件を取り扱うことになる。そこで、会社の許可なく社内外に発表、公開、漏洩《ろうえい》、利用などしないよう新たな誓約書を渡された。

まあ職務上、これは仕方ないか、と署名捺印《なついん》した。続いてパソコンを立ち上げ、全社員に向けたエク室の設立趣意書を書きはじめた。エク室は今後、社内の独立組織として位置づけられ、トラブルや不祥事に直面した社員が気軽に相談できる部署にならなければなら

ない。そのためには、会社、上司はもちろん、社員同士にも絶対に秘密が守られる、という前提がなければ部署として成立しない。まずはエク室の存在意義と守秘義務を徹底する旨《むね》を全社員に周知させようと思ったのだった。

書き上げた設立趣意書は、総務部の契約文書担当に見てもらったところ、会社の顧問弁護士に手早く確認してくれて、

「ここまできちんと説明してあれば法的にも問題ないそうだ」

とオーケーをもらった。さらに念のため直属の若社長にも確認し、ノープロブレム、と承認されたため、社内ネットの一斉メールで全社員に通知した。

翌日には、改めて各部署に出向いて部課長クラスに直接、エク室の役割を説明した。ほかにも釈明事例を匿名《とくめい》投稿できる〝エク投稿箱〟を社内ネット上に設置したり、エク対策に必要と思われる六法全書《ろっぽうぜんしょ》をはじめとする資料を買い集めたり、それやこれやで一週間ほどかけて部署の態勢を整えた。

さあ、あとは相談者を待つだけだ。果たして相談にきてくれるだろうか。

ひと息ついた文香は、ふと我に返った。頑張ってエク室を立ち上げる準備を進めているうちはよかったが、いざ準備が整って元物置小屋のプレハブオフィスの中でぽつんと一人座っていると、急に空恐《そらおそ》ろしさがこみ上げてくる。

あたしはとんでもない仕事を引き受けてしまったんじゃないか。

ところが、それから二週間。文香のもとには予想に反して、ぽつりぽつりエク相談が持ち込まれるようになった。

ただ、それはそれでよかったのだけれど、持ち込まれる相談の中身にはがっくりきた。

『歓送迎会の宴席で悪酔いして、いつも威張《いば》っている課長に絡《から》みまくってしまった。どう釈明したものか。製造部男性社員・二十八歳』

『専務が大事にしている有田焼《ありたやき》の湯呑《ゆの》みを給湯室で割ってしまった。どう釈明したものか。営業部女性社員・二十二歳』

『後輩の課員が付き合っている彼女と知らずに、ちょっかいを出してしまった。どう釈明したものか。商品開発部男性社員・三十五歳』

『身内の不幸を理由に慶弔《けいちょう》休暇を取って彼女と京都旅行に出掛けたら、出張中の係長と京都駅で鉢合《はちあ》わせしてしまった。どう釈明したものか。営業部男性社員・二十四歳』

とまあ、相談者は圧倒的に若い世代が多く、しかも、それってわざわざエク室に相談すること？　と呆《あき》れるような個人案件ばかり。二十代の小娘に仕事案件なんか相談できるかよ、となめられているとしか思えない。

といって、あらゆるエク案件に対応します、と全社員に宣言してしまった手前、いかに下世話な個人案件であろうと放っておくわけにはいかない。仕方なく、宴席で絡んでしまった課長の人となりを詳しく聞いて、下手《へた》な釈明より土下座せんばかりに詫びたほうが効果的です、と助言したり、専務の湯呑みなんか嘘泣きしてすがりつけば一発で解決します、コツは〝ちょい狡《ずる》〟よ、と背中を押したりしているのだが、気がついたときには、この手の個人案件の常連さんまでついてしまった。

工場で働くパートの遠藤《えんどう》さんもその一人だ。最初は、パート同士で現場主任の悪口を言っていたら本人の耳に届いてしまった、という相談でやってきたのだが、何度か足を運んでいるうちに文香が気に入ったらしく、毎日のように帰り際にエク室に立ち寄って、社内の噂話を披露《ひろう》したり夫の浮気の愚痴《ぐち》をこぼしたりしていくようになった。当人は憎めない小太りのおばちゃんではあるものの、あたしって『王様の耳はロバの耳』の穴？　と複雑な気持ちになる。

「もう、うんざりですよ。あたし、こんなことをやるためにエク室長になったわけじゃないんだから」

昨日も良美さんを飲みに誘って嘆《なげ》いたものだが、

「ヤケになっちゃダメだよ。どんな案件であろうと、相談が持ち込まれるようになったってことは、個人の秘密は守られる、って社員たちに周知された証拠じゃない」

とたしなめられた。

「それはそうだけど」

「地道に対応してればいいのよ。パートの遠藤さんのような人を増やしていけば、いずれ社業に直結する仕事案件だって持ち込まれるようになるはずだし」

「そうかなあ」

「そうだよ、それでなきゃ給料五割増しになんかなるわけないじゃない」

しょげ返っている文香を励《はげ》まそうとしてか、やけに持ち上げてくれる。

一瞬、若社長の回し者かと疑ってしまいそうな物言いだったが、しかし、ほどなくして良美さんの言葉通りの展開になってしまった。

ほかにやることがないだけに、頑張って社員の個人案件に対応し続けて一か月が過ぎた頃から、それまでとは異なる仕事案件が社内の各部署から舞い込みはじめたのだ。

『はんぺんの卸値《おろしね》が高すぎる、と取引先のデパートの新担当者が言ってきた。原材料のグレードが違うのだから高くて当然なのだが、あまり強気にも出られない。どう釈明したものか。営業部営業二課』

『工場の製造ラインの不調で、スーパー春市《はるいち》へのさつま揚げの納期遅れが見込まれる。どう釈明したものか。工場品質管理部』

『空気の読めない若手社員が接待ゴルフで得意先の年配の常務に勝ってしまい、取り引きが中止になりそうだ。常務にどう釈明したものか。営業部営業一課』

ただ皮肉なもので、こうなると今度は逆に、こんな大事な案件をあたしなんかに頼って大丈夫なんだろうか、と不安になる。もちろん、エク室の役割は事態収拾に向けたエク戦略の提案だけで、最終的な釈明策は担当部署が判断するルールだが、それにしてもプレッシャーは大きい。

おかげで個人案件のときとは違って、ここ最近は顧問弁護士や顧問公認会計士、行政書士などの専門家とも頻繁《ひんぱん》に連絡を取り合うようになり、文香の頭の中もより理論武装されて効果的なエク戦略が提案できるようになってきた。と同時に、個人案件ばかりだったエク室のデータベースにも仕事案件のエク戦略が徐々に蓄積《ちくせき》されはじめ、なるほど、これがエク室の財産になるのか、と仕事の先行きが見えはじめた。

「ほらね、やっぱそうなったでしょ。個人案件への対応ぶりが認められたからこそ仕事案件も入ってきたのよ」

良美さんが得意げに笑いかけてくれたものだが、それは文香も実感している。おかげで日々の仕事にも張り合いが出てきたし、若社長がエク室を新設した意図もようやく理解できるようになってきた。

それにしては最近、若社長から何の音沙汰《おとさた》もないのが若干《じゃっかん》不満ではあるものの、それもまた良美さんに言わせれば、

「便りがないのはいい便りって言うじゃない。あえて口にはしないけど、若社長も認めてくれてるってことだと思うよ」

という見解になる。まあ実際、ここにきて社内の目が当初とは一転、エク室に好意的になってきた気がするし、ここは素直に、あたしもやるじゃん、と自分を褒めてやったほうがいいのかもしれない。

ただ、そうした中、ひとつだけ腹立たしいのは、せっかく前向きになってきた文香に対して、唯一、母親だけが冷や水を浴びせることだ。

「なんだか、おかしな会社だね。わけのわかんない仕事で若い娘に残業ばっかりさせて」

今日も夜遅くに帰宅するなりぶつくさ言われたものだが、要は、いつまでも仕事にかまけてないで、いい男を見つけて結婚しちゃいなさい、と彼女は思っているに違いなく、文香もかちんときて言い返した。

「いまはお母さんたちの時代とは違うの。女でも総合職に就《つ》けて、仕事ができれば若くても重要な役職に抜擢されるんだから、ちょっとは喜んでよ！」

瞬《また》く間の三か月が過ぎた。

この三か月の意味は大きかった。ここ最近、文香は社内の人たちから〝エクスキューザー〟と呼ばれるようになったからだ。エクスキューズに長けた人、という意味合いで、だれかが勝手に名付けたらしい。

『そんな英語はないぞ』

若社長が苦笑していたと良美さんから聞いたが、それでも文香は、この愛称が気に入っている。これぞ社内的な評価が高まった証《あかし》といっていいし、わざわざ新しい和製英語で呼ばれるようになったなんて誇らしく思う。

そんな周囲の変化に伴《ともな》って文香自身も成長してきた。さまざまな仕事案件に関わるようになったおかげで、エクスキューズに対する文香なりの基本則が定まってきたのだ。

たとえば、トラブルや不祥事の釈明を迫られてエク室に駆け込んでくる人たちは、多くを望みすぎる。会社に損害を与えず、会社の面目《めんぼく》を潰《つぶ》さず、自分の責任も問われないように、いち早く事態を収拾したいんです、と贅沢《ぜいたく》な希望を並べ立てる。

そこで文香は最初に問いかける。

「まずは優先順位をつけませんか？〝会社の損害回避〟〝会社の面目死守〟〝自己責任回避〟〝早期収拾〟のうち、どれが重要です？」

四兎《しと》を追っても四兎は得られません、と説き伏せて優先順位を決めてもらう。

つぎに問うのが釈明相手の心理状況だ。相手は怒っているのか、困っているのか、呆れているのか、この隙《すき》に付け込もうとしているのか、見捨てようとしているのか、諦《あきら》めかけているのか、その心理を的確に把握《はあく》分析する必要がある。

その上で、いよいよエク戦略の立案に取りかかるわけだが、ここでは四つの釈明ポイントがある。優先順位と相手の心理状況に応じて〝理詰めで納得させる釈明〟でいくのか、

〝相手に同情させる釈明〟でいくのか、〝こっちを見直させる釈明〟でいくのか、〝相手に諦めさせる釈明〟でいくのか、釈明目的を明確にしなければならない。

以前、相談された『はんぺんの卸値が高すぎる』と注文がついた案件を例にとれば、取引先のデパートの新担当者が、叩けば安くなるだろう、という安易な態度でいることがわかったため、文香は〝会社の損害回避〟を主軸に〝理詰めで納得させる釈明〟を立案した。釈明現場では食材の仕入れから製造、出荷、配送までの工程と技術的優位性をわかりやすく解説した動画を見てもらい、他社とは違う手法でぎりぎりまで切り詰めて品質を保っている現状を伝え、卸値を下げたら味も品質も保てないと訴えかけた。

加えて、一般の消費者を集めて現状品とコストカット品の比較試食を実施した。結果、十対〇でコストカット品は買わない、と消費者が判定したことを報告し、その場で新担当者に両者を比較試食させた。

ここまでやれば説得力が違う。卸値の引き下げがデパート側の損失に直結すると悟《さと》った新担当者は、なるほど、と逆に感心してくれて、最終的には〝こっちを見直させる釈明〟にもなって円満に解決した。

一方、〝相手に同情させる釈明〟の一例としては、『空気の読めない若手社員が接待ゴルフで得意先の年配の常務に勝ってしまった』案件だろうか。このときは相手の常務が殿様接待を好むと聞いて、急遽《きゅうきょ》、若社長に泣きついて常務にアポを入れてもらった。若社長としてもエク室長に抜擢した文香の依頼だけに、気合いを入れてくれたのだろう。その日の夕刻、しくじった若手社員を連れて相手の会社に社用車で乗りつけ、一階受付まで降りてきた常務に、

「このたびは弊社若手の教育に不行き届きがあり、誠に申し訳ございませんでした！」

若手社員とともに受付前で土下座を決めた。この意表を突くパフォーマンスで常務の度《ど》肝《ぎも》を抜いたところで若手社員に自省の弁を語らせ、若社長はたたみかけた。

「以上の責任は、すべて社長のわたくしにございます。ここはひとつ、何卒《なにとぞ》、ご寛恕《かんじょ》のほどお願いいたしたく、今宵《こよい》、銀座《ぎんざ》にお席を設けさせていただきました。ご足労いただけましたら幸いでございます」

芝居じみた口上で常務を社用車に促し、銀座のクラブに連れだした。

あとはもう若社長自らがあの手この手の殿様接待を繰り広げ、クラブのママにも懐柔に努《つと》めてもらい、最後に再び若社長と若手社員が深々と頭を下げて陳謝《ちんしゃ》したところ、

「ゴルフぐらいのことで大人げなかったね。社員教育というものは難しいものだが、いや若社長さんもご苦労が絶えませんなあ」

ほだされた常務が取り引き中止を撤回してくれ、〝会社の損害回避〟に加えて〝早期収拾〟も実現した。

ほかにも『工場の製造ラインの不調で、スーパー春市へのさつま揚げの納期遅れが見込

まれる』案件では、製造機器を最新型に切り換えた際の初期不良が納期遅れの原因とわかった。そこで製造責任者とともに出向いて正直に事情を説明し、特別値引きを提案。まあそれなら仕方ないか、と〝相手に諦めさせる釈明〟で〝会社の面目死守〟に成功した。

こうして四つの釈明ポイントに基《もと》づいて文香はエク戦略を成功させてきたのだが、いずれの釈明においても心してきたことがある。

〝エク戦略は心理戦〟ということだ。いかに釈明相手の心理を読み、いかに追い込んで落としどころに着地させるか。慎重かつ大胆な駆け引きがエク戦略の成否を分ける。当初は同情させる釈明を狙ったとしても、相手の心理状況に応じて理詰めの釈明に切り替える、といった揺さぶりも欠かせないし、速攻で責任者を出向かせたり、あえて日数を置いて攻めたりと、釈明のタイミングで心の隙を突くことも忘れてはならない。

さらには、以前、若社長から褒められた〝ちょい狡〟をまぶすことも大切だ。狡賢い対応はご法度《はっと》だが、誠実ぶっているだけではなめられる。たかがゴルフで機嫌を損ねてしまうような常務を社長が直々《じきじき》に殿様接待したのも、常務の後ろめたさを搔《か》き立てることで、より多くの見返りを狙ったちょい狡技というわけで、ここまでやってこそエクスキューザーと呼ばれるにふさわしい仕事だと文香は自負している。

「文香ったら、すごい理論家になったね」

良美さんが微笑《ほほえ》みを浮かべてカシスオレンジを口にした。会社からちょっと離れた隠れ家的なショットバーにいる。社内の人間はまず来ないから、このところ良美さんと飲むときは、ここと決めている。

「理論家ってほどじゃないけど、若い女が室長なんかやってると古い社員たちからの風当たりが強いじゃないですか。パートさんに聞いた話だと、色仕掛けで若社長に取り入った、なんてセクハラまがいの陰口《かげぐち》も叩かれてるみたいだし、理論武装しないと足をすくわれちゃう気がして」

文香はジントニックを口にして、ふうと息をついた。

実際、硬直頭のベテラン社員たちは、小娘室長が考える程度のことは、おれたちだってやってきたことだ、若社長に寵愛《ちょうあい》されてるからって調子に乗ってんじゃねえ、と居酒屋の片隅《かたすみ》で息巻いているらしい。

「まあ文香はきれいだから、そんなことを言う人もいるだろうけど、ちゃんと実績を上げてるからこそ若社長は評価してるわけだし」

人事課にいる良美さんは若社長と日常的に接しているから、そのへんはよくわかるそうで、やっかみも評判のうちなんだから気にしないほうがいいよ、と慰《なぐさ》めてくれる。

「ただあたし、ここにきて気づいたんですけど、仕事ができると思い込んでるベテラン社員ほど、エク戦略がなんだ、おれだって釈明ぐらい山ほど経験してきた、とか言って自分の成功体験を自慢するんですよね。だったら逆に問い返したいんですよ。じゃあ、あなたの釈明成功率は何パーセントですか、って」

実際、社員一人の経験なんてたかが知れている。その裏でどれだけ失敗してきたことかと思うのだが、その点には触れずに、数少ない自分の成功体験だけを部下や後輩に押しつける硬直頭社員がのさばっているから社内が停滞してしまう。若社長の言葉ではないが、彼らが変われば、この会社はもっともっと伸びると、つくづく思う。

「結局、若社長が最初に言ってたことってそれだと思うんです。ナレッジマネジメントなんていう横文字を使うからわかりにくかったけど、要は、全社員の釈明事例を集約して体系化することで、経験値の低い若手社員から限られた成功体験に縛《しば》られてる硬直頭社員まで、より成功率の高い釈明が可能になるんですよね」

下世話な個人案件だろうと、会社の存亡に関わる仕事案件だろうと、釈明の基本自体は変わらない。数多《あまた》の釈明案件に触れて集約体系化を進めている文香の釈明スキルは、日ごとに高まっているし、このスキルを全社員に活用してもらう意義は大きいと思っている。

その意味で、今後、エクスキューザーという仕事は、社内の一部署にとどまらず世の中の各方面から必要とされる仕事になるのではないだろうか。企業から独立した釈明のプロとして自立していける時代も来るのではないか。いまや文香はそこまで考えている。

「なのにうちの母親ったら、エクスキューザーだかなんだか、おだてられて天狗《てんぐ》になってんじゃないよ、って憎まれ口を利くんです。会社なんてもんはあんたの将来なんか何も考えてないんだから、あとで泣いても知らんよって」

文香は嘆息《たんそく》してジントニックの残りを飲み干した。

「やっぱ文香のお母さんも、結婚とかうるさいの？」

良美さんが目を覗き込んできた。

「はっきりとは言わないけど、望んでるんだと思います」

「じゃあ、うちと同じね。うちなんか、ぼやぼやしてると行かず後家《ごけ》だよ、とか古臭いこと言ったりするし」

「酷《ひど》いですねえ、良美さんみたいな素敵な女性ならいつでも結婚できるのに」

「ていうか、あたしは結婚だけが女の幸せっていう価値観に腹が立つの。その点、文香はすごいよね。女一人でエク室を盛り上げて、社内の人たちから信頼されるようになったんだから、ちょっとぐらい天狗になっても全然いいと思うよ。抜擢した若社長だって、あれでけっこう喜んでるんだよね」

「だったら、そろそろ秘書や部下がほしいです。最初に若社長からそう言われたし、一人だとマジできつくなってきちゃって」

このままでは、雑務に追われて本来のエクスキューザーの仕事に支障がでる可能性だってなくはない。

「じゃあ、あたしが言っとくわよ」

「え、良美さんが？」

「これでもけっこう仲いいし」

「へえ、良美さんこそ寵愛されてるんじゃないですか？　いずれは社長夫人とか」

「やめてよ。あんなアメリカかぶれ、趣味じゃないし、あくまでも仕事上の仲。総務にも硬直頭がけっこういるから、文香と同じようにあたしの存在も認めてくれてるみたい」

「だったら、あたしと良美さんが組めば最強タッグですね」

「それは違うよ、文香あってのあたしだし」

「とんでもないです、あたしこそ、こうやって良美さんと社内の情報を交換したり愚痴を言い合ったりできるからやってられるんだし、これからも何卒、よろしくお願い申し上げます！」

ほろ酔い機嫌でぺこりと頭を下げると、

「なんか照れちゃうね、女二人で褒め合ってると」

良美さんはふふっと笑ってカシオレのおかわりを注文した。

文香の快進撃はさらに続いた。

いまや釈明相談の社内メールは、個人的なことも含めて日々何十通と送られてくるし、釈明先に同行して矢面《やおもて》に立ってほしい、といった代理釈明の依頼も増えている。良美さんの言葉じゃないけれど、天狗になっちゃおうか、と思ってしまうほど、このところは毎日が張り合いに満ちている。

しかも、多忙ではあっても以前ほどストレスを感じないことも嬉しい。自分の一存で仕事を進められる、決められる。成果を上げれば自分の評価に直結する、というわかりやすさがたまらない。ときに思惑が外れる案件もなくはないものの、せっかく順調に推移してきた仕事に大畑課長の無茶な横槍《よこやり》が入ったり、途中で手柄を横取りされたり、といった鬱《うっ》陶《とう》しさや悔《くや》しさがないだけに精神衛生的にもすこぶるいい。

「やっぱ文ちゃんは、あたしが見込んだ通りだよ」

パートの遠藤さんからも誇らしげに言われたものだった。

いまも彼女は毎日のようにエク室にやってきては、社内の噂話に花を咲かせたり夫の愚痴をこぼしたりして帰るのだが、エク室が開設された当初は、若い女性社員がプレハブに閉じ込められて可哀想《かわいそう》、とか、あんな物置小屋にいたら魚の呪《のろ》いに祟《たた》られて自殺しかねない、とか、心ない噂話が飛びかっていたという。それがいまや周囲の目が一変し、硬直頭の社員たちも、うかつに批判できない状況になってきているらしい。

ただ、仕事の性質上、対外的には明らかにできない部署だけに、その点はもどかしい。あたしは、こんな成果を上げてるの、とアピールしたくても社内外に事例を漏《も》らせないのが残念だけれど、その点を差し引いても、こんなにもみんなから頼りにされていると思うと、これまでにないやりがいを覚える。

「来月には秘書をつけてもらえそうだよ」

そんな朗報も良美さんから入ってきた。若社長とは仲がいいと言っていた通り、ランチに付き合わされたときに気軽に打診したところ、すぐ候補者を挙げるよう指示されたという。

若社長もまた評価してくれている。そう思うと、ますます仕事に弾《はず》みがつく。やっぱ、まだまだ結婚どころじゃないな、と改めて独りごちてしまうが、そんなある朝、思いがけないニュースが飛び込んできた。

その新聞記事を見つけたのは母親だった。いつものように朝一番、通勤服に着替えてリビングに降りると、

「ねえこれ、あんたの会社じゃない?」

母親が新聞を差しだしてきた。社会面に掲載された短い記事だったが、そのタイトルを見た文香は、え、と声を上げた。

『さつま揚げに賞味期限偽装の疑い 練り物メーカーTAKASUGI』

慌《あわ》てて本文に目を通した。

TAKASUGIが出荷したさつま揚げの賞味期限表示に偽装の疑いがある。詳しい手口は不明だが、偽装は常態的に繰り返されてきた可能性があり、食品表示法違反の疑いで当局が動きはじめている、と結ばれていた。

「さつま揚げ、か」

真っ先に頭に浮かんだのは、以前、エク戦略を立案した『工場の製造ラインの不調で、スーパー春市へのさつま揚げの納期遅れが見込まれる』という案件だった。

あのときは確か、現場の担当者に聞き込んだ結果、製造機器の初期不良が原因と判明し、製造責任者とともに出向いて釈明して一件落着したはずだから、そもそも賞味期限偽装とは関係ないし、何かの間違いではないか。ただ、偽装は常態的に繰り返されてきたとも書いてあるから、あの件とは別のところに闇《やみ》深い何かがあるのか。

いずれにしても、これはあたしの出番だろう。偽装が事実かどうかによって、この報道に対してどう釈明すべきか、文香のエク戦略が求められることは間違いない。

「あたし、すぐ出勤する」

社業に関わる緊急事態だけに、朝食も食べずに自宅を飛びだした。

通勤バッグの中で携帯電話が震えたのは、その直後だった。

「文香くん、新聞読んだか？」

久しぶりに若社長からのホットラインだった。

「読みましたけど、事実でしょうか？」

最寄り駅へ向かいながら問い返した。

「あり得ない」

きっぱり否定された。

「でも当局が動いてるそうですが」

「当局が動いたからって事実とは限らないだろう」

「ただ以前、さつま揚げの納期遅れでごたついたことがあるので、あれに関連して何かあったんじゃないかと」

「憶測《おくそく》で話すのはやめろ。すぐ対策を練るから、出社したらそのまま社長室に来てくれ」

「わかりました」

文香は小走りで駅を目指した。

社長室のドアを開けると、会社の経営幹部五人が沈痛な面持ちで会議デスクを囲んでいた。当事者の工場長のほかに専務、常務、そして現在は会長に退いている先代社長、つまりは若社長の父親もいる。

もう一時間以上前から対策会議を続けているそうで、会議デスクの上には今日の朝刊が広げられ、さまざまな書類も散らばっている。

文香が席に着くなり、早速、若社長が切りだした。

「ざっくり説明するが、やはり偽装は事実無根だった。そうなんだよな?」

白髪《しらが》頭の工場長に視線を向ける。

「ええ、先ほど製造責任者に確認しましたが、報道されたような事実はないそうです」

「でしたら、なぜ新聞に?」

文香は問い返した。これには若社長が答える。

「おそらくは、同業者の誹謗《ひぼう》中傷が発端《ほったん》じゃないかと推測されるんだが、まだ真相はわからない。そのへんの事実関係は、これから我々が調査を進めるから、きみは急いで事実無根を釈明するエク戦略を組み立ててくれ」

三十分でできるか? と文香の目を見る。

「はい」

即答した。こういうときは一分一秒が勝負を分ける。出勤の道すがら考えをまとめてきたからなんとかなると思った。

「よしわかった。じゃ、三十分後に」

「ただ社長、とりあえず記者会見は必須《ひっす》ですので、会見場の準備をお願いします」

事実無根であるならば、一刻も早く否定しないと傷が深まるばかりだ。遅くとも明日の午後イチには会見すべきだと進言した。

「確かにそうだな。わかった、すぐホテルのバンケットルームを押さえさせる」

「ホテル、ですか」

「問題あるか？」

「たとえば、あえてうちの工場の中で釈明したほうが誠実感が高まるかと」

こういうちょっとした演出があったほうが効果的だと付け加えた。

「いや、都心から遠い下町までマスコミを呼びつけたら尊大な印象を与えるし、逆に疑惑を深める恐れもある。やつらが来やすい場所にしたほうがいい」

「そうでしょうか」

文香は首をかしげた。疑惑の工場をオープンにして会見したほうが、テレビニュースに映った場合の絵柄的にも好印象だと思ったのだが、いや違う、と若社長は首を振る。

「考えてもみろ、工場はうちにとってのホームだろうが。ホームで釈明するよりアウェイ感のある場所に出向いてこそ、マスコミも世間も納得するはずだし、そのほうが文香くんだって釈明に気合いが入るだろう」

「え、わたしが釈明するんですか？」

びっくりした。

「そりゃそうだ、こんなときのためにきみをエク室長に抜擢したんだ。会社の一大事に釈明の第一人者たるエクスキューザーが矢面に立たなくてだれが立つ。ただまあ、エクスキユーズ開発室室長って肩書だとまずいな」

若社長がふと考え込んでいると、現会長の父親が口を挟《はさ》んできた。

「製造担当執行役員じゃな」

「あ、はい。じゃ、いまここできみを製造担当の執行役員に任命する」

父親の言葉の通り若社長が文香に告げる。取締役と違って執行役員であれば即座に任命できるという。

「でもわたし、製造のことはわかりません」

これはまずいだろうと慌てた。

「しかし、きみは製造責任者とともに納期遅れの釈明に出向いたんだよな。そのときに事情は把握しているだろう」

「それはそうですけど」

仮にも、にわか執行役員だとバレた日には、さらに疑惑を深めかねない。

「だから文香くん、うちは潔白なんだよ。にもかかわらず経営幹部がのこのこと釈明に出向いたら、やっぱり大ごとなんだと勘繰られてマスコミの餌食《えじき》もいいところだ。やつらの仕事は、弱い立場のものを標的にして、あることないこと書き立てて世間を騒がせることだ。痛くもない腹を探られてフェイクニュースをこれでもかと撒《ま》き散らされたら、ネットだって大荒れ間違いなしだ。ここは若くて美貌《びぼう》の女性執行役員が矢面に立って、びしっと釈明したほうが、やつらの筆の運びだって違ってくるだろうが。いまどきは〝美人すぎる看護師〟やら〝美人すぎる女流棋士《きし》〟やらが話題になるご時世だ、若くて美人すぎる執行役員が毅然《きぜん》と潔白を訴える動画がネットに流れてみろ。女性重用《ちょうよう》企業として評価が高まるだけでなく、涙でも浮かべてみせれば、それこそネット住民の同情票が集まって一石三鳥四鳥ってやつだ」

違うか？　と文香を射すくめる。経営幹部たちも大きくうなずいている。

驚きを通り越して呆れ返った。早朝から対策会議を開いて、こんなことを話し合っていようとは思わなかった。

『文香ってけっこう美形だし、そこも気に入られて狙われてんじゃないの？』

いつだったか良美さんから言われたことが脳裏《のうり》をかすめた。あのときは笑い飛ばしたものだが、結局、若社長も硬直頭社員たちと大差なかったのだ。ぼくの抜擢に年齢性別は関係ない、できる人間が上に立つのが当たり前の会社にしたいんだ！　なんていう煽《あお》り文句に乗せられていた自分が情けなくなってくる。

かといって、ここで逃げるわけにもいかない。経営幹部に囲まれてここまで追い詰められては、できません、とは言えなかった。

エク室に戻った文香は、早速、エク戦略の立案にかかった。

ここ数か月の蓄積のおかげもあって思った以上にてきぱきと作業が進み、命じられた三十分後には再び社長室に出向いて、待ち構えていた若社長をはじめとする五人の経営幹部の前でプレゼンした。

そのコンセプトは〝こっちを見直させる釈明〟とした。

まずは会見冒頭で世間を騒がせたことをきっちり詫びた上で、会社の潔白を宣言する。続いて今後の対応策として、第三者調査委員会を立ち上げて事実関係を調査し、十日以内に潔白の裏付けを報告します、と発表する。ただし、調査期間中はさつま揚げの出荷を見合わせ、すでに購入したさつま揚げの賞味期限や味に疑問を抱《いだ》いた消費者には、無条件で返品交換に応じるとし、真っ当な製品作りに精進《しょうじん》しているTAKASUGIのブランドイメージを印象づける釈明会見にしようと考えた。

ところが、プレゼンを終えると同時に若社長の父親、現会長が怒りだした。

「なあきみ、潔白を宣言しておきながら無条件で返品交換に応じるってこたないだろう。どんだけ損失が出ると思っとるんだ！」

この怒声に煽られたのか、ほかの幹部からも続けざまに異論が相次いだ。

「〝こっちを見直させる釈明〟だと？　そんな能天気なことを言ってる場合かね」

「うちの商品にケチをつけるなら受けて立つ！　ぐらい言ってもらわんと話にならん」

「第三者調査委員会ってやつも問題だな。うちのことをろくに知らんやつらに調査なんぞさせたら、何を言いだすかわかったもんじゃないだろうが！」

会長への忖度丸だしの発言が続出し、当社はフェイクニュースの被害者だ、法廷闘争も辞さん、といった勇ましい言葉が場を席巻《せっけん》し、こうなったら強硬会見だ！　と思わぬ方向に議論が流れた。

「ちょっと待ってください。そんな会見をしたら世間に喧嘩《けんか》を売るようなものです」

文香は慌てて反発した。それでも会長以下経営幹部たちは、喧嘩上等とばかりにいきり立っている。

もはやエクスキューズ戦略どころではなかった。上っ面な感情論が飛びかう中、さすがに若社長はこっちに加勢してくれるだろうと期待したが、驚いたことに彼もまた強硬路線になびいてしまった。あれほど硬直頭のベテラン社員を腐《くさ》していたというのに、父親には反抗できないのか、一言の反論もないまま文香のエク戦略は葬《ほうむ》り去られてしまった。

「これじゃあたし、会見なんかできません」

たまらず若社長に詰め寄った。こんなのエク戦略でもなんでもないじゃないですか、と食ってかかったものの、父親には弱いくせして文香には強気を崩さない。

「馬鹿言うな！　二十代の女を室長に抜擢して優遇してきた恩も忘れて、いまさら逃げを打つつもりか！」

経営幹部たちの前で唾《つば》を飛ばして罵倒《ばとう》された挙げ句に、文香が強硬記者会見の矢面に立つことで押し切られてしまった。

憤懣《ふんまん》やるかたない思いを抱えてエク室に戻った文香は、良美さんに内線電話を入れた。このとんでもない状況を一刻も早く伝えたいと思ったからだが、内線は話し中だった。何度も掛け直してようやく繋《つな》がり、すぐに会って話したい、と泣きついた。

「ごめんね、いま手が離せないの」

良美さんは疑惑報道のクレーム対応に追われているらしい。仕方なく電話口で、強硬記者会見に臨《のぞ》まされるはめになった顚末《てんまつ》を手短に話し、若社長にはがっかりしました！　と悔しさをぶちまけた。

ところが、思いがけない言葉が返ってきた。

「けど文香、報道は事実無根らしいし、若社長がそうおっしゃってるんなら、それでいいんじゃないかな」

「え、でも、こんな重要な記者会見であたしが代理釈明するだけでもおかしいのに、にわか執行役員として世間に喧嘩を売るなんて無茶苦茶ですよ！」

「そんなこと言ったって、それが若社長と幹部の判断なんでしょ？　この緊急時に四の五の言ってる場合じゃないと思うけど」

「けど良美さん」

言い返そうとした途端、ぴしりと遮《さえぎ》られた。

「ねえ文香、こういうときは大人にならなきゃダメ。長いものには巻かれろじゃないけど、若社長だってそれを心得ているからこそ臨機応変に対応したんだと思うんだよね」

愕然《がくぜん》とした。良き先輩であり味方だと思っていた良美さんの口から、まさかこんな台詞《せりふ》が飛びだそうとは思わなかった。


エク室のデスクでしばし呆然《ぼうぜん》としていると、白いビニール製の前掛けを着けた遠藤さんが飛び込んできた。

「ああよかった、文ちゃん、まだいたのね」

工場を抜けだして走ってきたらしく、小太りの体を揺らして荒い息をついている。

「どうかしました？　まだ仕事中でしょう」

「そうなんだけど、文ちゃんにだけは伝えなきゃと思って。新聞に載った賞味期限偽装事件のこと、エク戦略を考えろって言われてる？」

「ええ、まあ」

「あれ、内部告発だって知ってる？」

「は？」

「製造ラインの担当さんが、やむにやまれず通報してニュースになったらしいの」

「あ、あの、ちゃんと話してくれますか」

慌てて椅子を勧めると、遠藤さんはどすんと腰を下ろし、汗を拭いながら勢い込んでしゃべりはじめた。

その打ち明け話には仰天した。事実無根だと断言した若社長と工場長の言葉を真っ向から覆《くつがえ》すもので、さつま揚げの賞味期限は製造ラインの担当者が故意に偽装したというのだ。なぜかといえば、スーパー春市に納品するさつま揚げを製造する直前、同じさつま揚げが別のスーパーから大量返品されたためだった。

「でもあたしは、製造機器の初期不良が原因だと聞いてました」

文香は首をかしげた。あのとき一緒に釈明に出向いた製造責任者もそう言っていた。

「だからそれも嘘なのよ。本当は、返品されてきたさつま揚げを捨てるのがもったいないからって、賞味期限を変えたパッケージに詰め替えて一日遅れで出荷したらしいの」

この一件には、日本の食品業界に根づいている〝三分の一ルール〟が関係しているという。たとえば、さつま揚げの賞味期限が六日間だとすると、その三分の一、つまり製造後二日以内に小売店に納品し、つぎの二日以内に消費者に売らなければならない。それを過ぎたら返品して廃棄処分する、という奇妙な商慣習のせいで日本は呆れるほどの食品ロス大国と化しているのだが、当該のさつま揚げもこのルールに則《のっと》って大量に返品されてきた。

といって、そのさつま揚げが食べられないわけではない。賞味期限は便宜《べんぎ》上六日間に設定されているが、実は十日やそこら過ぎても十分に食べられる。なのに大量廃棄するのは忍びないし、会社の損失にもなる、と考えた製造責任者が、賞味期限を変えたパッケージに詰め替えて納期が迫っているスーパー春市に出荷しろ、と現場の担当者に命じた。

ところが今回は大量の返品だったため、パッケージの詰め替えに丸一日かかってしまい、スーパー春市への納品が一日遅れるとわかった。そこで文香に声がかかって納期遅れの釈明に至った、というのが真相なのだという。

「ただ新聞には、偽装は常態的に繰り返されてきた可能性があるって書かれてました」

ふと疑問が湧《わ》いた。

「それも新聞に書いてあった通りらしいの。今回はたまたま納品が一日ズレたから文ちゃんに泣きついたらしいんだけど、それまでは納期とうまく合わせられていたから知らんぷりして納品してたみたい」

「信じらんない」

「でしょう、あたしもさっきパート仲間から聞いてびっくりしちゃって。結局、製造ラインの現場担当が、良心の呵責《かしやく》っていうか、インチキに耐えられなくなって告発したらしいの。証拠写真もちゃんと撮った上で」

もちろん、そもそもは三分の一ルールが大きな問題なのだが、だからといって賞味期限偽装が許されるわけはない。しかも製造責任者が命じたのなら会社ぐるみと言われても仕方ない。文香は急に不安になって聞いた。

「それって、社長や幹部も知ってるんでしょうか？」

「そりゃ知ってるに決まってるわよ。工場長が血相を変えて社長室に飛んでったみたいだから、もともと会社ぐるみでやってたに違いないって、みんな噂してる」

現場のパートさんは社員と違って会社の束縛《そくばく》がゆるいから、悪い噂ほど瞬く間に広まるそうで、不正隠しのためにも美人の文ちゃんを抜擢してエク室を作っておいたのかもね、と遠藤さんは言い添える。

「まさかそんな」

「あ、もちろん、これはあたしの勝手な想像よ。けど、この会社ってそれぐらいのことはやりかねないと思うのね。アメリカ帰りを売りにしてる若社長だって、しょせんは古い日本の男の意識丸だしってことがわかったし、人間、土壇場《どたんば》になると本当の器量がわかるものなのよ」

嫌々をするように首を左右に振っている。

ショックだった。会社も若社長もそこまで酷いとは思いもよらなかったが、ただ冷静に考えてみれば、遠藤さんの言葉通りにしか思えなくなる。

若社長は社長就任後、常態的な偽装に気づき、万一に備えて防波堤を作ろうとエク室を創設した。それがそもそもの目的だったとすれば、あたしはまんまとスケープゴートにされたようなものじゃないか。良美さんに裏切られたのも束《つか》の間《ま》、さらなる大きな裏切りに気づかされて絶望的な気分になった。

「もう若社長も良美さんも嘘ばっかり、何信じていいかわからない」

思わず心の声を漏らすと、すかさず遠藤さんに問い返された。

「良美さんって総務の人？」

ええ、とうなずき返すと、遠藤さんが声をひそめた。

「彼女、若社長とできてるんでしょ？」

翌朝、腫《は》れぼったい顔で居間に降りると、朝食の準備ができていた。

父親はひと足先に出勤したらしく、玉子焼きと納豆とご飯と味噌汁《みそしる》が食卓に並んでいる。

「さっさと食べないと遅れるわよ、今日は大事な日だって言ってたじゃない」

食卓に着いてぼんやりしていると、母親に急《せ》かされた。三十間近になっても小学生の頃と同じ台詞が飛んでくる。母親にとっては何歳になろうと子どもは子ども。そんな態度にいつもはうんざりしていたのだが、今日に限っては、なぜか子ども扱いが心に響いた。

「あたし、会社辞めたい」

我知らず、ぽつりと漏らしていた。母親が黙ってこっちを振り向いた。

「もうあんな会社、行きたくない」

もう一度、駄々《だだ》っ子《こ》のように言葉を重ねると、母親は事もなげに言った。

「だったら行かなきゃいいじゃない」

それを言われたら元も子もない。

会社の嘘を知りながら釈明会見に臨むのか。すべてを拒《こば》んで逃亡するのか。遠藤さんから事の真相を知らされて以来、独り呻吟《しんぎん》し続けてきたのだが、あれよという間に土俵際に追い詰められてしまっただけに、どっちに転ぶにしても途轍《とてつ》もなく怖い。結局は、混沌《こんとん》とした思いを抱えたまま一睡もできずに朝を迎えてしまったのだった。

すると母親が食卓の向かいに腰を下ろし、諭すように言葉を継いだ。

「お母さんには会社の難しいことはわからないし、あんたが選んだ道は、あんたが決めることだと思う。ただ、前にも言ったと思うけど、会社なんてとこは、従業員の将来のことなんて何も考えちゃいないし、いざとなったら平気な顔でトカゲの尻尾《しっぽ》切りをするからね。二世のボンボンなんてもんは昔っから、ふだんは勇ましいことを吠《ほ》え立てて煽るくせして、いざ形勢が悪くなった途端、だれかに責任をなすりつけて逃げちゃうようなやつが大方なんだから、それだけは忘れないようにしなさいよ」

ずばり核心を突かれた気がした。なのに、いまさらそれを認めるのが悔しくて、

「要するにお母さんは、会社なんかさっさと辞めて結婚しろって言いたいんだ」

つい悪態をつくと、母親がため息をついた。

「あんたが結婚しようがしまいが、それは別の話でしょう。会社なんかと天秤《てんびん》にかけることじゃないわよ」

え？　と母親の顔を見た。彼女は闇雲《やみくも》に娘の結婚を望んでいると思い込んでいただけに、意表を突かれた。

『あたしは結婚だけが女の幸せっていう価値観に腹が立つの』

以前、良美さんが口にした言葉を思い出した。あんなに偉そうに言ってたくせに、いざとなったら若社長との結婚を視野に入れて裏切り、会社側に走ってしまった。これはもう、ちょい狡どころの話じゃない。

『人間、土壇場になると本当の器量がわかるものなのよ』

遠藤さんの言葉も頭をかすめた。

あたしったら何を見てたんだろう。いまさらながら自己嫌悪に陥《おちい》っていると、母親からまた子どもの頃と同じ口調で急かされた。

「ほらほら、早くお食べ、味噌汁が冷めちゃうわよ」

エク室に出勤した文香は、その足で本社内の工場へ急いだ。

記者会見は都心のホテルで午後一時開始だから、まだ時間はある。工場入口の更衣室で白いビニールの前掛けに衛生帽子を被《かぶ》り、さつま揚げ製造ラインへ向かった。新入社員研修で働いていたから工場内の勝手はわかっている。

くだんの現場担当者はすぐに見つかった。それとなく近づき、そっと声をかけた。彼からはたまたま以前、歓送迎会の宴席で課長に絡んでしまった、と相談されたことがあるだけに、事情聴取にさほど時間はかからなかった。

再びエク室に戻ると、若社長から社内メールが入っていた。

『記者会見、頼んだぞ！』

念押しの言葉とともに、部課長クラスを何人か同行させる、と付け加えてあった。やはり社長をはじめ経営幹部は出席しないつもりらしいが、いつものように直接電話してこないところに若社長の後ろめたさが窺《うかが》える。

母親が言った通りだと思った。ふだんは勇ましいことを吠え立てるくせに、形勢が悪くなった途端、こっちに責任をなすりつけて逃げてしまう。

でも、もうそんなことはどうでもいい。文香はパソコンに向かって手早く記者会見のシナリオを打ち上げ、若社長や経営幹部に一斉送信した。さらに会見用の資料もまとめ上げて、よし、と自分に気合いを入れてエク室を後にしかけると、

「ちょっと待って！」

振り返ると遠藤さんがいた。工場からダッシュしてきたらしく息を弾ませながら続け

る。

「文ちゃん一人じゃあんまりだから、ついてって応援したげる」

仕事はほかのパートさんがカバーしてくれるという。

結局、一番の味方は遠藤さんだった。そう思うとこみ上げそうになったが、

「ありがとう。でもあたしは大丈夫」

やんわりと押しとどめ、今日ばかりはタクシー代を奮発《ふんぱつ》して都心のホテルに乗りつけた。

記者会見場用に押さえたバンケットルームは、ふだんは宴会や結婚披露宴などに使われている定員百名ほどの部屋だった。ホテルスタッフに案内されて待機していると、やがて会社の部課長クラスが五人やってきた。

いずれも硬直頭の代表のようなベテラン社員ばかりで、仕入課長の大畑もいた。文香はあえて無視していたが向こうから近づいてきて、記者会見のシナリオについては経営陣が了承した、と上から目線で告げられ、

「責任重大だぞ」

脅《おど》しつけるように耳元で囁《ささや》かれた。

マスコミ関係者が姿を見せはじめた。ノートパソコンを手にした記者のほか、テレビとスチールのカメラマンも含めて三十人ほどだった。百名収容の部屋には少ない人数だが、

こんな中小企業に三十人も集まるのかと驚いた。

「それでは、定刻になりましたので記者会見をはじめさせていただきます」

ホテルスタッフから渡されたマイクで文香は記者たちに声をかけ、部課長五人が見守る中、正面の長テーブルに腰を下ろして神妙に自己紹介した。

「わたくし、株式会社TAKASUGIの製造担当執行役員、長嶋《ながしま》文香と申します」

にわか執行役員だけに緊張したが、いざ記者たちの前に立ったら不思議と肝が据《す》わり、

「このたびは新聞報道により世間をお騒がせいたしまして、誠に申し訳ございません」

深々と腰を折ってみせた。

記者たちがきょとんとしている。司会進行役だと思っていた若い女が執行役員だったことに驚いたらしいが、文香は十秒間、長々と腰を折ってから先を続けた。

「さて、まずは最初にお伝えしたいのですが、今回の疑惑報道につきまして、弊社といたしましては青天の霹靂《へきれき》でございます。創業以来、常に消費者の立場に立って練り物製品作りに精進してきた弊社にとりまして、賞味期限偽装などという不法行為はまったく身に覚えのない事実無根の誹謗中傷であり、弊社は虚偽報道の被害者でございます。従いまして、今回の報道に対しては法廷闘争も辞さない覚悟で臨み、徹底的に闘《たたか》ってまいる所存でございます。以上」

きっぱり言い切った。

記者たちがざわついている。これまた彼らとしては驚きの釈明だったのだろう、キーボードを打つ手を止め、どう突っ込んでやろうかと身を乗りだしている。

すかさず文香は声を張った。

「ただし」

記者たちがふと静まり返った。その一瞬を逃さず言葉を繋いだ。

「ただし、以上は弊社経営陣の公式見解でございますが、最後に社員一同を代表して申し上げます。ただいま製造担当執行役員として発表したコメントには偽《いつわ》りがございます。賞味期限偽装の真相につきましては、こちらの会見資料にまとめてございますので、ぜひ、お目通しいただければ幸いです！」

声高《こわだか》に宣言するなり文香は席を立ち、真相を綴《つづ》った証拠写真つきの会見資料を記者たちに配りはじめた。

「待て文香！」

大畑課長が叫び声を上げて飛んできた。ほかの部課長たちも慌てふためいている。かまわず文香は会見資料を配り続けた。トカゲの尻尾にされてたまるか。その一心で群がる記者たちに手渡していく。

泡を喰《く》った大畑課長が罵声を浴びせながら文香の肩口に手を伸ばし、引き倒そうとした。ヤバっ、と抵抗して肘打《ひじう》ちを喰らわそうとした瞬間、

「やめな！」

駆け寄ってきた小太りのおばちゃんが大畑課長に体当たりして押し倒した。遠藤さんだった。いつホテルにやってきたのか、加勢に入った部課長たちと揉《も》み合いながら、文ちゃん早く逃げな！　と叫んでいる。

その声に励まされた。とっさに文香は上着のポケットから封筒を取りだし、床に這《は》いつくばっている大畑課長に突きつけた。

「若社長に渡して」

封筒には、ついさっき書いたばかりの辞表が入っている。

カメラマンたちが、ここぞとばかりに撮影しまくっている。大畑課長が顔を真っ赤にして何か言い返しかけた。その言葉を掻き消すように、

「今日は遅刻しませんでした！」

渾身《こんしん》の皮肉を込めて言い放つなり文香は踵《きびす》を返し、さっさと会見室を後にした。

ロング　ロング　シャワー

ついさっき合コンで出会ったばかりだというのに、こうも簡単にラブホテルに連れ込めるとは思わなかった。

六月も半《なか》ばの金曜日。渋谷《しぶや》のダイニングバーで開かれた合コン自体は、七対七という大人数だったせいか、いまひとつ盛り上がることなく、幹事をやってくれた後輩の手塚《てづか》とトイレで鉢合《はちあ》わせしたときも、

「桑原《くわはら》さん、すみません。次回に期待してください」

照れ笑いしながら謝られた。

ところが、いざ一次会が終わってからの展開といったら奇跡もいいところだった。会計した直後にトイレに行ったため、みんなより遅れてダイニングバーから出てくると、店の前に参加者の女性が一人で、ぽつんと立っていた。ほかの参加者は渋谷駅へ向かってぞろぞろ歩きはじめているのに、わざわざおれを待ってくれていたらしい。

名前は、美乃里《みのり》、だったと思う。合コン中は参加者全員が、幹事の手塚が用意してきた

下の名前のみの名札をつけていたのだが、確かそう書いてあった。ただ、彼女とは席替えしてもずっと席が離れていたし、手塚をはじめとする合コン慣れしている猛者《もさ》たちのトーク術に圧倒されて、ほかの女性たちともそうだったように、ろくにしゃべれなかった。彼女のことについても結局は、広告代理店の経理部門で働いている、といった程度の情報しか把握《はあく》できていない。

改めてまじまじと美乃里を見た。ダークブラウンに染めたセミロングの髪に、濃紺《のうこん》のワンピース姿。華《はな》やかなイメージの広告代理店に勤めているわりには地味な印象で、飛び抜けて美人というわけではない。それでも、ちょっと垂《た》れぎみの目と、ぽってりとした唇《くちびる》が相まってなかなか可愛《かわい》い。胸もそこそこ大きいし、ウエストもそれなりに引き締まっている。下手《へた》に競争率が高い女性よりは、ルックスも稼ぎもそこそこのおれには見合った相手かもしれない。

「桑原さんは仕事ばっかり頑張ってて〝女感〟ってやつを鍛《きた》えてないから、チャンスにがつんと決める決定力が不足してると思うんすね。そんなんだと、彼女いない歴、また更新しちゃうっすよ」

そのチャラさゆえ合コン王と呼ばれている手塚からは、そう発破《はっぱ》をかけられている。

実際、かろうじて童貞ではないものの、二十八歳、彼女いない歴二十八年の情けない身としては、いまこそ決定力が問われる瞬間なのかもしれない。

ダメでもともと、がつんといこう。

このチャンスを逃してなるものかと腹を括《くく》ったおれは、努《つと》めて明るい調子で声をかけた。

「二人で飲み直さない？」

美乃里は一瞬、目を見開いてから、

「あ、はい」

こくりとうなずいてくれた。

しめたとばかりに、みんながぞろぞろと歩いていく渋谷駅とは逆の方向に踏みだした。正直、一発勝負の賭《か》けと言ってよかったが、チラリと背後を振り返ると、なんと美乃里も黙ってついてくる。

胸が高鳴った。この先には渋谷の男女御用達《ごようたし》の円山町《まるやまちょう》、ラブホテル街がある。飲み直そうと誘っておきながらラブホに直行するのもなんだと思ったが、

「女は気が変わりやすいから、チャンスを摑《つか》んだら速攻で決める。それがお持ち帰りのセオリーっすからね」

と手塚からも言われている。

ただ、手塚の場合は地方出身で一人暮らしをしているから、さっさとタクシーを拾って自宅マンションに連れ込んでしまえばいいのだが、実家暮らしのおれはそうもいかない。

それでなくても家の事情で自由に使える金が乏《とぼ》しい状況だというのに、二軒目の店で飲み直しているさなかに気を変えられて、明日の朝早いから、とさっさと帰られた日には、けっこう高くついた合コン代と飲み直し代がそっくりパーになる。ここはなんとしてもラブホ直行に持ち込まなければ、わざわざ合コンに参加した意味がない。

さて、どうやって口説き落とそう。

そわそわしながら深夜ドラマで観たことがある甘いラブストーリーの話を振ったりしながら歩いていき、素知《そし》らぬ顔をしてお目当ての円山町に入った。

「このあたりって、けっこういいバーがあるんだよね」

見え透《す》いた言い訳を口にしつつ路地を進んでいくと、すぐにラブホテルのネオンがちらつきはじめた。

いよいよだ。

おれは生唾《なまつば》を呑《の》み込みながら、こっそり横を見た。美乃里は平然と肩を並べて歩いている。一見、地味っぽい雰囲気ではあるものの、案外、こういう流れに慣れているのかもしれない。

それならば話は早い。ほどなくして視界に飛び込んできた年季の入った外観のラブホに狙《ねら》いを定め、

「ちょっと休んでいこうか」

カラカラに乾《かわ》いた声で美乃里の耳元に囁《ささや》きかけ、恐る恐る背中を押した。

すると、奇跡が起きた。あっけないほどスムーズに美乃里がラブホの入口に足を向けてくれたかと思うと、そのまますると入館できてしまった。

まさしく夢のような展開だった。こうなったら、もたもたしてはいられない。エントランスホールに設置されているパネル写真から安めの部屋を選んで素早くエレベーターに乗り込み、早くも強張《こわば》ってきた下半身をなだめるようにそっと深呼吸した。

そのとき、スーツの内ポケットで携帯が震えた。グループチャットの振動パターンだ。

だれだ、こんなときに。

間が悪いことこの上なかったが、事に及んでいるときにまた着信してブーンブーン振動されても困る。

「ごめん、仕事のメールみたいだ」

美乃里に断って確認してみると、手塚からだった。

『ひょっとして美乃里と一緒っすか？』

どうやら二人だけで消えたことに気づかれてしまったようだ。といって、いまさら隠し立てしたところでバレバレだ。こんなおれでも決めるときは決めるんだ、と軽く自慢してやりたい気持ちも湧《わ》き上がり、

『まあね』

チャチャッと返したところでエレベーターが三階に着いた。

そそくさと廊下を歩いて部屋に入り、武者震いしながらドアを閉めた。

赤紫の品のないムード照明で彩《いろど》られた、昭和の薫《かお》り高いベッドルームだった。枕を二つ並べたダブルベッドのほかに、二人掛けのソファ、通信カラオケ、ゲーム機、冷蔵庫、電子レンジ、バスローブ、アメニティなどなど、設備や備品は意外にも充実しているが、もはやそんなことはどうでもいい。

まずはキスからだ。

はやる気持ちを懸命に抑え込んで、立ったまま美乃里を抱き締めようとした瞬間、また携帯が震えた。

「ごめん、電源切っとくね」

頭を掻《か》きながら美乃里から離れ、念のため相手を確認してみると、またもや手塚からだった。

『彼女、田中《たなか》部長の娘っすよ』

ったくもう、と内心悪態をつきながらメッセージを見た。

夢が悪夢に変わった。

言われてみれば、垂れ目の感じといい、ぽってりとした唇の厚さといい、あの顔に皺《しわ》を何本も刻《きざ》んで頭を禿《は》げさせれば、なんとなく部長の顔になる。

といって、そうと言われなければまず気づくものではない。なぜ手塚は合コンに誘うときに教えてくれなかったのか。それを知らせたら、おれがしぶって参加メンバーが足りなくなるから、あえて黙っていたんだろうか。もしそうだとしたら、なんてやつだ。いまさらながら腹立たしくなってくる。

さて、どうしたものか。せっかくチャンスを摑んだというのに、とんでもないことになった。頭の中が真っ白になって呆然《ぼうぜん》としていると、美乃里が口を開いた。

「お先にシャワー、いいですか？」

ちょっと汗をかいちゃって、と首をすくめて言い添える。

「あ、ああ、もちろん浴びてきて」

うなずきながらも動揺した。

地味な見た目とは裏腹に思いのほか大胆な女らしく、早くもベッドモードになっているようだ。これが田中部長の娘でなかったら願ったり叶《かな》ったり、喜び勇んで一緒にシャワーを浴びてしまうところだが、

「そういえば、きみの苗字《みょうじ》を聞いてなかったね」

一応、確認してみた。

「田中です、田中美乃里」

ためらうことなくフルネームを口にする。

やはり田中だった。ガチでヤバいことになった。もはや一緒にシャワーを浴びるどころじゃない。

っったく、なんでこんなことになるんだ。めぐり合わせの悪さに絶望的な気分になっていると、そんなおれには気づく様子もなく美乃里に問い返された。

「祐樹《ゆうき》さんの苗字は？」

彼女も下の名前しか知らない。先に聞いてしまった手前、答えないわけにもいかず、仕方なく桑原祐樹と名乗ると、美乃里は安心したように微笑《ほほえ》み、

「じゃ、お先に」

備えつけの白いバスローブを手に浴室に入っていった。

シャワーの音が聞こえはじめた。不思議なもので、単なる水音だというのに、やけに不気味に感じる。それもこれも手塚のせいだ、と改めて手塚を恨《うら》んだ。よりによって、なぜ田中部長の娘なんか参加させたのか。今回の合コンには、ほかの会社の女だけ集める、と彼は言っていた。田中美乃里もほかの会社じゃないっすか、と言い訳するつもりかもしれないが、冗談じゃない。最悪の地雷を踏まされた身にもなってみろというのだ。

田中部長には、けさの部内ミーティングでも怒鳴《どな》りつけられたばかりだった。

『なんでおまえは、そうやって仕事に逃げ腰なんだ！　いつも言ってるだろうが、仕事っ

てもんは蹴飛《けと》ばされても蹴飛ばされても、めげずにがっつり食らいついて奪い取ってくるもんなんだよ！　だから近頃の若手は使えないって馬鹿にされんだ！』

こんな古臭い精神論を毎回毎回、営業部員を集めた席で延々とやられるのだから、たまったものではない。

近頃の若手は挨拶《あいさつ》のひとつもできんのか！　近頃の若手は漢字も書けんのか！　近頃の若手は段取りすらつけられんのか！　近頃の若手はまるっきりなっとらん！　とまあ、何かというと〝近頃の若手〟を連発して、おれ一人を責め立てる。

近頃の若手はおれだけじゃない。営業部の三分の一は若手だというのに、何かというとおれを目の敵《かたき》にして怒鳴り散らすのだから男のヒステリーもいいところだ。

ここにきてうちの会社は業績が停滞ぎみだから、田中部長も経営陣からギチギチに締めつけられてるらしい、といった噂話《うわさばなし》もけっこう耳に入ってくる。そのストレスを若いおれにぶつけて憂《う》さ晴らししているのかもしれないが、だとしたらなおさらヤバい。そんなストレスまみれの部長の娘に、部下のおれが手をつけたと漏《も》れ伝わろうものなら、まずもってただではすまされない。近頃の若手は上司の娘を手籠《てご》めにするのか！　と怒り狂って殴《なぐ》り殺されかねない。

だからといって、このまま美乃里を置き去りにして逃げだすわけにもいかない。部長の娘をラブホに連れ込んだ挙げ句に置き去りにした、なんて噂が社内に広まったら、ますますヤバいことになる。

じゃあ、おれはどうしたらいいんだ。こうなったら一生シャワーを浴びててくれ、と虚《むな》しい願いを胸に、ポケットから携帯を取りだした。

恋愛トラブル相談室みたいなサイトがないか検索してみようと思った。こういうとき、どう対処したら穏便《おんびん》に窮地《きゅうち》を脱せられるのか。だれか書き込んでいないか藁《わら》をも摑む思いで再び携帯の電源を入れたのだが、いざ立ち上がった画面にはグループチャットの書き込みが並んでいた。今夜の合コンに参加した東祥《とうしょう》商事の同僚七人の連絡用に手塚が作ったグループだ。

『ああ見えて彼女、元ヤンみたいっすね。下手くそだったら、あとで父娘でボッコボコにされるかも』

『おまけに、新宿《しんじゅく》の歌舞伎町《かぶきちょう》でキャバ嬢のバイトをやってたらしいから、ぼったくられるんじゃね？』

『ヤベえヤベえ。とっととやって後腐《あとくさ》れなく逃げるっきゃないっすよ』

なんてことだ。手塚がおもしろがってあれこれ書き込んだらしく、酔っ払った勢いでおれをいじり倒している。

それにしても元ヤンキャバ嬢だったとは、どう見てもそんなタイプには思えないが、彼女が猫を被《かぶ》っているんだろうか。ここまでみんなからいじられると、どこまでが本当の話なのか混乱するばかりで、いまや下半身はすっかり萎《な》えてしまっている。

まいったなあ。

ダブルベッドの脇に置かれている二人掛けソファに腰を下ろし、はあ、と頭を抱えていると、不意にシャワーの音が止まった。

ぎくりとしてソファから立ち上がった。

だが、ここは余裕をかまさなければ、と思い直して再びソファに腰を下ろし、あえて鷹《おう》揚《よう》なポーズを作って足を組んだ。

彼女が本当に元ヤンキャバ嬢のさばけたタイプだとしたら、まず性には開放的だろうから、いまや、やる気まんまんでいるに違いない。なのに、こっちまでシャワーを浴びてしまったら、火照《ほて》った体にまとったバスローブをはらりとはだけさせ、さあさあ早く、と迫られるに決まっている。そうなったらまずもってアウトじゃないか。本来だったら、こんなおいしい据《す》え膳《ぜん》はめったにないというのに、うっかり食ってしまったら身の破滅もいいところだ。

とりあえずテレビを点《つ》けよう。テレビでなんとか間を繋《つな》いで、やらないですむ方向にもっていくしかない。

急いでリモコンのスイッチを入れた。途端にアダルトチャンネルが画面に流れだし、A

V女優の艶《なま》めかしい吐息が部屋中に響き渡った。ヤバっ、と慌《あわ》ててザッピングしてニュース番組に切り替えた。

これなら安全だ。まずはお堅いニュースを観ながら美乃里の頭を冷やさせて、政治問題の議論に持ち込んでしまうのはどうだろう、っておまえは馬鹿か。ラブホで政治問題はないだろう。だったら逆に、二人でアダルトチャンネルを鑑賞して楽しんだほうが、って馬鹿馬鹿、そんなことしたら余計に彼女を燃え上がらせちまうじゃないか。

ああもう、どうしたらいいんだ。

再び頭を抱えていると、またシャワーの音が聞こえはじめた。

しめたと思った。どうやら彼女はシャワーが長いタイプのようだ。浴室に入ってから十分以上も経《た》っているのに、ひょっとしてラブホのシャワーで髪まで洗っているんだろうか。元ヤンキャバ嬢にはそれが当たり前の習慣なのかよくわからないが、ただ、おかげでもうしばらく地獄行きを先送りできると思うと逆にありがたい。

いまのうちにこっそり逃げちまうか。はからずも時間稼ぎができたのだ、やけくそで関係を持ってドツボに嵌《は》まるよりは、とっとと逃げ帰って、あとは知らぬ存ぜぬで押し通したほうがまだましってもんだろう。ラブホでシャワーを浴びていたら男に逃げられた、なんて女の恥もいいところだろうから、まず人には言えないだろうし、って、やっぱそれもダメだ。相手は元ヤンキャバ嬢なのだ。人に言えないほどの屈辱《くつじょく》を受けたとなったら、あとあと、どんな仕返しをされるかわかったもんじゃない。

元ヤン仲間に招集をかけられてボコボコにされる？　いやそれどころか、よくよく考えたら、すでに美乃里には、おれが父親と同じ会社に勤めていると知られてしまっているじゃないか。今回、男は全員、東祥商事の社員だと手塚が最初に伝えてしまっている。彼女はそうと知った上でおれについてきたわけで、ここで逃げ帰ったりしたら逆切れして父親に泣きついて、おれの首を飛ばさせるぐらい朝飯前だ。

だったらもう、四の五の考えずにやっちまおうか。やらなくても地獄行きだったら、たっぷり楽しんでから地獄行きのほうが、まだましだろう。

万が一、部長にバレたときには、結婚を前提にお付き合いさせてもらっています、とでも言い訳しておいて折を見て振っちまえばいいし、って、馬鹿野郎！　そんなの余計にダメだろう。あの田中部長に、結婚を前提に、なんてことを言ってしまったが最後、ガチで結婚させられるはめになる。近頃の若手は、そんないい加減な気持ちで付き合ってんのか！　と怒鳴りつけられて一夜の過《あやま》ちが一生の悲劇を呼ぶはめになる。

ああ、結局のところ、逃げたにしても、やったにしても、どっちに転んだところで地獄行きってことじゃないか。

となれば、そうだ、EDってことにしちまうのはどうだろう。おれは齢《よわい》二十八にして若年性EDを患《わずら》っているから、きみを抱きたくても抱けないんだよ、と泣き崩《くず》れてみせる。

まあ若いのに可哀想。いいのよいいの、全然気にしないで、今夜は何もしないでゆっくり体を休めて帰りましょうよ、なあんてことになるわきゃないだろ。EDのくせしてラブホなんかに連れ込みやがって、なめてんじゃねえ！　と元ヤン仲間にボッコボコにされた挙げ句に、部長にチクられて首にされるに決まってる。

うーん、まいった。マジでまいった。

早い話が、チャラい手塚のセオリーなんか参考にしたのが大間違いだったのだ。慣れないお持ち帰りなんかに走ることなく、今夜はおとなしく家に帰ってエロ動画でも観ながら寝ちまえばよかったのだ。

遅まきながらおのれの愚《おろ》かさを呪《のろ》っていると、突如また、シャワーの音が止まった。ついにこのときがきた。今度こそバスローブ姿の美乃里が浴室から出てくるに違いない。

ヤバいヤバい、マジでヤバい。

焦《あせ》りがマックスに達したその瞬間、はっと閃《ひらめ》いたおれは、飛び跳《は》ねるようにソファから立ち上がって冷蔵庫に駆け寄った。

ドアを開けると、それは昔懐《なつ》かしい自販機冷蔵庫だった。庫内にずらりと並んでいる小さな扉を開けてドリンクやおつまみ類を取りだすと、自動的に課金される仕組みになっているのだが、おれは迷うことなく缶ビール、缶チューハイ、缶ハイボール、ワンカップ酒、ミニワイン、缶入り梅酒と、ありったけのアルコール飲料を引っ張りだし、せっせとソファテーブルの上に並べはじめた。

「あら、お酒がいっぱい！」

白いバスローブをまとった美乃里が声を上げた。

やはりシャワーで髪を洗っていたようで、洗い髪をポニーテールに結び、胸元からはふくよかな隆起を覗《のぞ》かせている。ここまで無防備にリラックスされると、いささかビビってしまうが、しかし、ここは勢いで押し切るしかない。

「きみがすっきりしたところで、飲み直しの乾杯をしたくてさ」

自分でも恥ずかしくなるほどの猫なで声で言い放ち、無理やりソファの隣に座らせて缶入り梅酒を手渡した。

「祐樹さん、シャワーは？」

美乃里が戸惑《とまど》っている。

「まずは約束通り、ゆっくり飲み直してからにしようと思ってさ。がっついた男は嫌われるしね」

肩をすくめて微笑んでみせると、おれは缶チューハイを掲《かか》げ、

「では、二人の素晴らしい出会いを祝して！」

歯が浮くような台詞《せりふ》とともに強引に乾杯させた。

土壇場《どたんば》に追い込まれたからこそ閃いた、急場しのぎの飲み直し作戦だった。考えてみればおれは、飲み直そう、と誘っただけで、やろう、と誘ったわけじゃない。シャワーまで浴びた彼女が、この屁理屈《へりくつ》に納得するかどうかは別にして、ラブホでゆっくり飲み直して帰ったところで嘘《うそ》にはならない。

とにかく、いまのおれにとっては、やらないことが大切なのだ。ラブホまで連れ込んで、やらないために頑張ることになろうとは思わなかったが、あとはもう成りゆきまかせで酔い潰《つぶ》してしまうほかない。

すると、おれのやけっぱちな気合いが伝わったのか、美乃里も飲み直す気分になってくれたらしく、

「わたし、こんなこと初めてなんです」

ふふっと笑って梅酒を口にした。なわけないだろ、と苦笑しそうになったが、

「初めてって、ラブホが？」

あえて興味深そうに首をかしげて問い返した。ここは会話を盛り上げてどんどん飲ませなければならない。

「こんな歳になって恥ずかしいんですけど、わたし、合コンに参加したのも初めてだし、男の人に誘われてこういうところに来てシャワーを浴びたのも初めてなんです。友だちが知ったらびっくりしちゃうかも」

またふふっと笑う。

何が言いたいんだろう。おれは訝《いぶか》った。なかなかベッドに押し倒さないおれに焦《じ》れて、皮肉半分、ウブを装《よそお》って煽《あお》っているんだろうか。もしそうだとしたら、ここで乗せられたらおしまいだ、とおれは心にもない言葉を返した。

「やっぱ思った通り、ちゃんとした女性なんだね」

そっちがウブ作戦でくるなら、こっちも知らんぷりして適当に話を合わせていようと思った。飲んで会話を続けていさえすれば、とにかくベッドには入らないですむ。彼女の出方を探りながら、一分一秒でも長く時間を稼いでいれば、ひょんなことから窮地を脱せられる新たな妙案が見つかるかもしれない。

途端に美乃里が真顔になった。

「ちゃんとした女性なんて、そんなんじゃないんです。わたし、ほんとはこういうこと、ずっとやってみたかったし」

やってみたかったって、マジか、と苦笑しそうになったが、

「へえ、ずっとやってみたかったんだ」

とりあえずオウム返しして缶チューハイを口にした。

話の展開が見えないときは、オウム返しするのが基本。これも手塚が言っていたセオリーだ。女の機嫌を取らなければならないとき、話の展開が見えないまま会話を進めてしま

うと取り返しがつかなくなる確率が高くなる。オウム返しだったら女の出方を探れるし、こっちが共感してくれていると勘違いしてくれる可能性もあるんすよね、としたり顔で教えてくれたものだった。

すると美乃里も、おれが共感してくれたと思ったのだろう、

「だってうちの父ったら、すごく口うるさいんですよ」

愚痴《ぐち》っぽく言って梅酒を口に運ぶ。

「そんなに口うるさいんだ」

またオウム返し。

「実はわたし、来月には二十六歳になるんです。父の感覚からすると、二十代後半になる一人娘が、いつまで実家にいるんだ、って焦りを感じるみたいなんですね。だから、わざとわたしの服装に文句をつけたり、髪型とか口の利《き》き方とかにも、うるさいことを言ってくるんだと思うんです。あれこれうるさく言っていれば娘がうんざりして早く嫁ぐかもしれない、って思ってるみたいで、どう思います？　そういう父親って」

おれの反応を窺《うかが》っている。まあ、いかにもあの部長らしいウザさだと思ったが、

「それは大変だなあ」

それとなく共感を滲《にじ》ませて相槌《あいづち》を打ってやった。

女が相談モードで問いかけてきたときは、けっして意見を求めているのではなく、共感

してほしがっているだけだ。うっかりこっちの意見を口にしてしまうと、そこで会話が途切れて、たちまち機嫌を損《そこ》ねてしまう。したがって、意見は言わずに、ひたすら共感を示し続けてやってこそ女の信頼を勝ちとれる。

とまあ、またしても手塚セオリーに従ってしまった自分が恥ずかしくなるが、どうやらそれで正解だったらしく、美乃里が身を乗りだした。

「もちろん、父がわたしを可愛がってくれているのはわかるんです。だって学生時代から、ずっとわたしのお弁当を作ってくれてるんですから」

「弁当を？」

「ええ、外食だと栄養が偏《かたよ》るし、お金もかかるからって、自分のお弁当を作るついでに作ってくれてるんですね」

そういえば部長はよく弁当を食べているが、てっきり愛妻弁当だと思っていた。

「じゃあお母さんも大助かりだね、料理好きの旦那《だんな》さんがいてくれると」

とりあえず部長を持ち上げてみせると、美乃里が手を左右に振った。

「違うんです、もともと父は料理なんか全然やってなかったんですけど、亡くなった母に代わって頑張って作ってくれるようになって」

「え、そうなんだ」

ごめん、と慌てて謝った。実際、部長が奥さんを亡くしたなんて話はまったく聞いていない。

「やだ、そんなに気にしないでください。母を亡くしたのはわたしが小学生の頃なので、いまはもう二人暮らしが当たり前って感じですし」

「でも、そういうことなら、お父さんが娘を心配する気持ちもわかるな」

万が一、部長の部下だとバレたときに備えて、やっぱ父心もわかってあげないとね、とたしなめた途端、

「いえ、それとこれとは別です」

美乃里が眉《まゆ》を寄せた。せっかく共感トークで引っ張ってきたのに、つい意見してしまったのが失敗だった。この時点で気づいて、さらりと共感に寄せ直せばよかったものを、

「別かなあ」

重ねて反論してしまった。

途端に美乃里は口をつぐんだかと思うと、梅酒を呷《あお》るようにして飲み干し、おれの目を見据えてきた。

「祐樹さんって東祥商事にお勤めなんですよね。実は、わたしの父も同じ会社です」

「え、お父さんも？」

とっさにおれはとぼけた。

まさかこのタイミングで打ち明けられようとは思わなかった。

とりあえずはとぼけてみせたものの、内心、激しく動揺していると、

「父のこと、ご存じですよね」

たたみかけられた。手塚セオリーに反したばかりに、相談モードから一気に詰問《きつもん》モードに変わってしまった。さすがに冷や汗が噴《ふ》きだしたが、それでも精一杯、平静を装って切り返した。

「ていうか、うちの会社、田中さんが多いんだよね」

どの田中さんかなあ、と白《しら》を切った。

「営業部長の田中誠一《せいいち》です」

ずばり言い放つ。

「あ、ああ、田中部長だったら名前は知ってるけど、ただ、おれなんかからしたら雲の上の人だから」

偉い人すぎて下《した》っ端《ぱ》のおれにはよくわからない、と逃げを打った。

ここにきてなぜ突然、父親のことを明かしたのか。真意を測りかねていると、かまわず美乃里は続ける。

「ちなみに、父は会社でも口うるさいんですか？」

「いや、その、口うるさいってことはないんじゃないかな。きっちり部下を指導してくれ

る素晴らしい部長だから、会社のみんなから尊敬されてるし」

改めて持ち上げた。

「じゃあ祐樹さんも父と話したりするんですか？」

「しなくはないけど、とにかく雲の上の人だから」

もうこれで押し通すしかない、と決めて言い張ると、

「雲の上の人なんかじゃないですよ」

美乃里がくすっと笑って体をくねらせた。その拍子《ひょうし》にバスローブの裾《すそ》がめくれて白い太ももが覗いた。

思わず目を逸《そ》らした。それ以上のものは見えなかったものの、バスローブの下に肌着はつけていないようだ。その事実に気づいてどぎまぎしていると、美乃里がそれとなく裾を整えながら声色《こわいろ》を変えた。

「あの、そろそろ祐樹さんもシャワーを浴びてきてください」

ついにきた。おれの生々しい視線を感じて詰問モードから突如、ベッドモードに切り替わったらしい。ほろ酔い気分でいるからなのか、女心の移ろいの早さに困惑しつつも、

「あ、いや、まだシャワーは」

缶チューハイも残ってるし、と缶を振ってみせた。

「そう言わないで、浴びてきてください。わたしだけこんな恰好《かっこう》じゃ恥ずかしいし、ちょ

っと酔ってきちゃいました」

そこまで言われて拒《こば》み続けるのも不自然だ。進退窮《きわ》まったおれは缶チューハイの残りをゆっくりと飲み干し、

「飲みすぎたんなら、無理しないで先に寝てていいからね」

気遣《きづか》いめかして言い残すと、どうか先に寝ててくれ、と念じつつ、しぶしぶ浴室に入った。

こんなに熱心にシャワーを浴びたのは生まれて初めてだ。たっぷり時間をかければ、ふとした拍子にまたしても妙案が浮かぶかもしれない。そんな虚しい期待を抱《いだ》きながら髪を二度洗いして、全身の垢《あか》をごしごしとこすり、耳の裏側から下半身の隅々《すみずみ》に至るまで、肌が擦《す》り剝《む》けそうになるほどこれでもかと洗い清めて、最後は肩や腰を揉《も》みほぐしてストレッチまでしてしまったが、そこまでしても、しょせんシャワーはシャワーだ。ほどなくしてやることがなくなり、上がるよりほかどうしようもなくなった。

いよいよ正念場だ。おれは意を決してシャワーを止めた。

おれが父親の部下だと知っていながらラブホテルまでついてきた美乃里は、いったい何を目論《もくろ》んでいるのか。彼女の本音を推《お》し量《はか》るほどに息苦しくなるが、だからといって、ここで対応を誤ったばかりに会社を首になるわけにはいかない。

それでなくても、学生時代の成績からしたら、よくおまえが潜《もぐ》り込めたなあ、と友だち

から羨《うらや》ましがられたほど就活運に恵まれて入った会社なのだ。たった一夜のしくじりで首になったら家族の生活もいきなり崖《がけ》っぷちに立たされる。そうなった日には悔《く》やんでも悔やみきれない。

結局のところは、柄《がら》にもなく合コンなんかに参加したことが、そもそもの間違いだったのだ。手塚の口車に乗せられて、お持ち帰りで生涯のパートナーを探そうなんて浮ついた考えで行動してしまった浅はかな自分が、いまさらながら情けなくなる。

いずれにしても、こうなったらもうジタバタしてもしょうがない。えいや、とばかりに、やってしまうしかないだろう。この期《ご》に及んでやらないよりはやったほうが多少とも美乃里の機嫌を取れる気がするし、もはや、やってしまってから、どう立ち回るべきか考えるしかない。

本来であれば大喜びすべき状況に置かれているというのに、こんなにも萎えた気持ちになろうとは思わなかったが、ここは割り切って男の性欲を奮《ふる》い立たせ、彼女を満足させることに全力を傾けるしかない。手塚ほど女性経験がないのは心もとないが、ここはエロ動画で見覚えたテクニックを駆使《くし》して頑張るしかない。

悲壮な覚悟を決めてバスタオルで体を拭《ふ》き終えたおれは、美乃里と同じ白いバスローブを羽織《はお》り、どうか寝ていてくれ、と祈りつつ浴室を後にした。

美乃里は相変わらずソファに座っていた。背中を丸めて通信カラオケのリモコンと格闘している。曲を入れるのに四苦八苦しているようだ。

やった、と思わずガッツポーズを決めそうになった。おれのシャワーが長くて待ちくたびれたのだろう。手持ち無沙汰《ぶさた》のあまりカラオケに気が向いたらしく、だらだらと浴び続けて大正解もいいところだった。

「歌いたくなったのかい？」

崖っぷちで執行猶予《ゆうよ》を言い渡された気分で声をかけると、

「大好きな曲をＢＧＭにしようと思ったんですけど、機械って苦手で」

ため息をついている。

「ちょっと貸してごらん」

しめしめとばかりにおれはソファに腰を下ろし、リモコンを受けとった。

スピーカーから流れてきたのは、四十年以上も昔の曲だった。

どこかで耳にしたメロディだと思って美乃里に聞くと、荒井由実《あらいゆみ》の『中央《ちゆうおう》フリーウェイ』だと教えてくれた。その後に結婚して松任谷《まつとうや》由実となった、ユーミンの代表曲のひとつだという。

テレビ画面に歌詞が流れはじめた。黄昏《たそがれ》どきの中央自動車道を、ボーイフレンドに肩を抱かれながらドライブデートしている女性の心模様が描かれている。

気がつけば美乃里が口ずさんでいる。マイクは使わずソファに座ったまま、囁くような声で歌の世界に浸《ひた》っている。

「古い歌なのに、よく知ってるね」

願ってもない展開に安堵《あんど》しておれは声をかけた。

BGMにしたいと言っていたのに、いつしか歌モードに切り替わってくれた彼女の気まぐれに、またまた救われたかたちだった。これでしばらくはカラオケ大会で時間を稼げそうだ。よしよし、とほくそ笑みながら、そっとマイクを差しだすと、にっこり笑って受けとってくれた。

マイクを通した歌声がベッドルームに響きはじめた。かなり歌い込んできた曲なのだろう。美乃里はうっとりと目を閉じ、歌詞はまったく見ることなく、艶めかしい部屋にそぐわない可愛らしい声で歌い上げていく。

歌そのものは、さほど上手《うま》いわけではない。なのに、しゃべっているときよりも若干《じゃっかん》高めの透明感のある声質が耳に心地《ここち》よく響く。そうだそうだ、その調子で気持ちよく歌い続けてくれ。リズムに合わせて体を揺らしながら、おれはユーミンの世界にはそぐわないワンカップ酒を開けて、にわか歌姫に乾杯してみせた。

ところが、曲も後半に入ったあたりで異変が起きた。それまではリズムに乗って気持ちよさそうに歌っていた美乃里が突如として声を詰まらせ、メロディが途切れ途切れになったかと思うと、唇を震わせて絶句してしまった。

何事かと驚いて見ると、彼女の頬《ほお》に光るものが伝っている。

「大丈夫？」

顔を覗き込んで問いかけた。

「ごめんなさい」

声にならない声が返ってきた。

小さな肩が震えている。そのまま美乃里は顔を伏せると、マイクを握《にぎ》り締めながらこみ上げる嗚咽《おえつ》を懸命に堪《こら》えている。どう対応したものか当惑したが、カラオケの演奏だけが淡々《たんたん》と流れ続ける中、黙って見守っているしかなかった。

どれくらいそうしていたろう。

やがて落ち着きを取り戻した美乃里が、ゆっくりと顔を上げ、

「本当にごめんなさい」

もう一度、謝った。

我知らず美乃里の肩をぎゅっと抱き締めていた。彼女の心のうちに何が起きたのか、それはよくわからなかったが、そうしないではいられなかった。

バスローブ姿の美乃里がふっと体の力を抜いて身を預けてきた。まだかすかに震えているその肩は、思った以上に華奢《きゃしゃ》だった。そのまましばらく体を寄せ合っていると、歌い手

を失ったカラオケ演奏がエンディングを迎えて鳴り止《や》み、それを合図にしたように美乃里がぽつりと呟《つぶや》いた。

「この歌、母が大好きだったんです」

子どもの頃、いつも母親が口ずさんでいたのだという。料理しているときも、洗濯しているときも、一緒にお風呂に入るときも、幼稚園に送り迎えしてくれるときも、ユーミンばかり歌っていた。

「だからわたしは、『卒業写真《そつぎようしやしん》』とか『恋人《こいびと》がサンタクロース』とかのユーミンの歌を、CDで聴くより前に母の歌で覚えたんです。なかでも『中央フリーウェイ』は母にとって一番の青春ソングだったみたいで、しょっちゅう歌ってました。なぜかっていうと、母が父と恋愛してる頃に、あの歌詞と同じように二人でよく中央高速をドライブしてたらしいんですね。その当時は車を持っていなかった父が、わざわざレンタカーを借りてきて、夕暮れの新宿を出発して八王子《はちおうじ》まで、あれがビール工場、こっちが競馬場って歌詞の中に出てくる場所を確認しながら走ったのよ、って嬉《うれ》しそうに母が話してくれたんです。だけど、なんか笑っちゃうでしょう? あの父がそんなことをやってたなんて」

あの父、とは言うまでもなく田中部長のことだが、そうして恋人同士の頃からベタベタだったそうで、いまでもたまに酔っ払うと、お母さんと出会わなかったら、おれの人生はまったく別ものになってたなあ、としみじみ語るのだという。

「いまはもう髪も薄くなって小太りのおじさんになっちゃいましたけど、父の若い頃の写真を見ると全然別人で、けっこうモテたらしいんですよ。もっと筋肉質の痩《や》せた体で、シュッとした細面《ほそおもて》で、髪の毛もふさふさ生えていて。だから母もよく笑いながら言ってました。『わたしと付き合うまでは、いろんな女の子にちょっかい出して泣かせてたらしいのよ』って。そう、母は、小学生のわたしにも平気でそういうことをしゃべってくれる人でした。母にとっては大人も子ども関係なくて、どんなことでもオープンに話してくれる人だったんです。だから逆にわたしなんか、もっと子どもらしくしてなくちゃ、って気をつけてたくらいで、そのせいで逆に大人っぽくなれなかったのかもしれませんね。もうすぐ二十六になるっていうのに、いくつになっても精神年齢は中学生のままだって友だちにからかわれるし、いまわたしが、こんなところでこんなことをしてるって知ったら、みんなびっくりしちゃうかも」

ふふふっと含み笑いをする。

おれは肩を抱いたまま話に聞き入っていた。この場をなんとか引き延ばしたい気持ちもなくはなかったが、突如、憑《つ》かれたように語りはじめた美乃里の体温をバスローブ越しに感じながら、田中部長一家の思わぬエピソードに引き込まれていると、美乃里は飲み残しの梅酒で口を湿らせてから続けた。

「なんだか途中からわたしの話になっちゃいましたけど、とにかく、そんなユーミン好きでオープンな性格の母に、父はぞっこんだったみたいなんですね。結婚前の母は都心の小さな喫茶店で働いてたらしいんですけど、父は母を振り向かせるために、それまで遊びで付き合ってた女の子たちとはきっぱり別れて、その喫茶店に毎日毎日、一年近くも通い詰めたっていうんですから、すごい情熱でしょう？　しかも母と一緒になるために、それまで身を入れてなかった仕事にも別人のように打ち込みはじめて、会社でも急に認められるようになったらしいんです。夜遊びもやめたからお金も貯まるようになったらしくて、一年半後に母を射止めて結婚したときは、当時のお金で三百万円近くも貯金があってびっくりしたって母が言ってました」

「へえ、田中部長がそういう人だったなんて、おれもびっくりだなあ」

これは本音だった。毎日うんざりさせられている部長に、そんな若い時代があったなんて思いもよらなかった。

「でもほんとに、父は母のために生きているようなものでした。わたしにはいつも口うるさいのに、母に対してはひたすら献身的に尽くしている父の姿を見るたびに、子ども心に母を妬《ねた》ましく思ったほどです。小学校に上がってからは、ちょっと大人の見方ができるようになって、もし母がいなくなったら父はどうなっちゃうんだろう、って逆に心配したものですけど、そしたらある日、その心配が現実になって本当に母がいなくなっちゃったんですね」

美乃里が小学五年生の秋だったという。あるとき、胸にしこりがあると気づいた母親が病院で検査してもらったところ乳癌《にゅうがん》と診断された。その時点で不運なことに末期まで進行していたらしく、闘病して半年余りで他界してしまった。

「それはもうショックでした。わたしには学校の授業中に連絡が入って、先生に付き添われてタクシーで病院に駆けつけたんですけど、ぎりぎり臨終《りんじゅう》に間に合わなくて。先に着いて最期を看取《みと》った父の話では、母は息を引きとる直前にも歌を口ずさんでいたって言うんですね。大好きなユーミンの『中央フリーウェイ』を」

改めて美乃里の肩を抱き寄せた。

田中部長とは毎日のように顔を合わせているというのに、そんなことなどまったく知らなかった。もちろん、わざわざ身の上話をするような人ではないし、またそういった機会もなかったから当然といえば当然なのだが、田中部長も美乃里も、そんな過去を乗り越えてきたのかと思うと言葉もなかった。

「ごめんなさい、なんだか長い話になっちゃって」

美乃里がため息とともに俯《うつむ》き、再び頬の涙を拭《ぬぐ》った。おれは、謝ることじゃないよ、という意味を込めてゆっくりと首を左右に振り、

「辛《つら》かったろうね」

喉《のど》を詰まらせながら慰《なぐさ》めた。もっと気の利いた言葉はなかったろうか、と言ってしまってから後悔したが、美乃里はかすれた声で答えてくれた。

「もちろん、辛くて仕方なかったです。でも、父のほうがもっと辛かったと思うんですね。わたしには一切《いっさい》、そういう顔は見せませんでしたけど」

おそらくは、ここで父親が落ち込んでいたら思春期を前にした娘が立ち行かなくなる、と懸念《けねん》したのだろう。葬儀の日も毅然《きぜん》と振る舞っていたし、その後も気丈な姿しか見せなかったという。

「男手ひとつで一人娘をしっかり育て上げなければ、母に申し訳が立たない。父にしてみれば、その一心だったんでしょうね。だから、いまでも覚えてるんですけど、父は葬儀の翌朝には、ちゃんと朝ご飯を作ってくれたんです。白いご飯と焦《こ》げた目玉焼きと玉葱《たまねぎ》だけの味噌汁《みそしる》でしたけど、あのときの味はいまも忘れられません」

それからというもの、美乃里が高校に入学するまで、ご飯はずっと父親が作ってくれていたという。朝は早起きして朝食を準備して、夜は会社の仕事をやりくりして、できるだけ早く帰宅して晩ご飯を作って一緒に食べ、週末にはいそいそとスーパーに出掛けて食材をまとめ買いしてきて、惣菜《そうざい》を作り置きして冷凍保存していた。

「ただ、そういう父の一途《いちず》な親心が、あるときから、わたしには重荷になってしまったんですね。どうしてかと聞かれてもうまく説明できないんですけど、中学生になった途端、そこまでして尽くしてくれる父親が急にうとましく感じられるようになって、そのまま反抗期を迎えてしまって」

「要はグレちゃったわけだ」

ここで元ヤンが出てくるのかと思った。

「ていうか、わたしの場合は家庭内ヤンキーだったんですけど」

「家庭内ヤンキー？」

「学校とか外ではふつうにしてたんですけど、家に帰ると父に口答えばかりして、そのうちに口も利かなくなっちゃって」

帰宅後や休日は一日部屋に閉じこもり、父親が部屋の前に置いてくれたご飯を一人で食べていたという。

「それはヤンキーとは言わないなあ」

つい苦笑しそうになった。おれにも似たようなところがあるからなんとなくわかるのだが、根が真面目《まじめ》な良い子だからだろう、大人への階段を上りはじめた途端、父娘二人きりの生活が息苦しく感じられはじめ、内弁慶《うちべんけい》的なささやかな反抗に至ったに違いない。

そんな女子中学生、美乃里の姿を想像するほどに、当人は真剣に葛藤《かっとう》していたのだろうが、真面目な良い子なりの思春期を通過してきた微笑ましさを覚えてしまう。

「その話、ひょっとして合コンのときにしたかな？」

念のため確かめた。

「あ、聞こえてました？」

十代の頃にちょっと悪かった話で盛り上がったときに、わたしもヤンキーっぽかった時期があります、と話したそうで、

「でも、こんなに詳しく話したのは祐樹さんが初めてです」

照れ笑いしている。それで察しがついた。美乃里としては、真面目な良い子と見られるのが恥ずかしくて悪ぶってみせた。それを聞いたグループチャットの同僚が盛って書いたのだろう。

「じゃあ、新宿の歌舞伎町でバイトしたことは？」

もうひとつ検証したくなった。

「新宿駅ビルのカフェでなら、高校時代にバイトしてましたけど」

それが何か？　と首をかしげる。

「いや、だれかから歌舞伎町って聞いたもんだから。そうか、駅ビルだったんだね」

笑いながらごまかした。

やはりそういうことだった。元ヤン話の流れから、新宿のカフェが歌舞伎町のキャバクラにすり替わったに違いない。けっしてキャバ嬢を見下しているわけではないが、美乃里のキャラとは不似合いで不思議に思っていただけに、ここは彼女の話を信じようと思っ

た。

ところが美乃里は、バイトについて聞かれたことを別の意味に捉《とら》えたのか、はにかみながら弁明した。

「カフェのバイトは高校時代にやってたんですけど、その頃には反抗期も終わって、一人娘として父をフォローしなきゃって思うようになったんですね。それで、自分のお小遣いはバイトで稼ごうと思い立ってカフェで働きはじめて、朝晩のご飯もわたしが作るようになったんです」

以来、掃除や洗濯などほかの家事も父娘で分担しているそうだが、それでも弁当だけは父親が作ると言い張って作り続けているのだという。しかも父親は、そうした家事をこなしながら会社の仕事も頑張って部長まで昇進したわけで、そんな姿を目《ま》の当たりにしてきた美乃里は、

「自分の父ながら尊敬してます」

と言い切る。

「そうか、だから部長は部下にも厳しいんだな」

思わずおれが心の声を漏らすと、あ、やっぱり会社でも口うるさいんですね、と美乃里は苦笑いした。

「結局、父にとって娘のわたしは、若くして亡くした母の分身なんですよね。大好きな妻

のような娘に育てたい、っていう思いだけで父は頑張り続けてきた気がするんです。だから部下の人たちにも、必死で頑張ってきた自分を重ねて、つい厳しくなってしまうのかもしれません」

ごめんなさい、と言い添えて美乃里はそっと息をつき、これ、飲んじゃいますね、ともう一本残っていた缶ビールのプルタブを引き開け、喉を鳴らして飲んでいる。

おれはふと時計に目をやった。いつのまにか午前一時半近くになっている。

思わぬ方向に話が展開してしまっただけに、いまさらベッドに入ってやるわけにもいかない。といって、帰ろうにもすでに終電はなくなっているし、始発まではまだ三時間ちょっとある。

じゃあ、これからどうしたらいいのか。改めて途方に暮れていると、

「本当にごめんなさい」

美乃里が再度、頭を下げた。

「いや違うんだ、会社のことはきみには関係ないんだし」

「そうじゃないんです。なんていうか、ふつうはこういうところに来たら、すぐベッドに入るものなんでしょう？」

上目遣《うわめづか》いにおれを見ながら言葉を繋ぐ。

「笑わないでくださいね、もうすぐ二十六になるっていうのに恥ずかしいんですけど、わ

たし、まだ経験が全然ないんですね。だから、今夜は覚悟を決めて、こういうホテルにつ
いてきたのに、いざとなったら急に怖くなってしまって」
いつまでも引き延ばしていると、嫌われちゃいますよね、と唇を噛《か》む。
仰天《ぎょうてん》した。彼女に経験がなかったことにではなく、彼女もまた時間稼ぎをしていたこ
とに。シャワーで洗髪していたのもカラオケで歌ったのも、すべて彼女の引き延ばし作戦
だったのだ。
「わたしの母が父と結婚したのは二十五のときなんですけど、母が他界したあと、しばら
くして父がふと漏らしたんです。母にとって父は初めて付き合った男性だったって。だか
らわたしもなんとなく、そういうことは初めて付き合った男性と、って思っていたら、い
つのまにか母が結婚したときと同じ歳になってしまって」
いまどきこういう女性もいるんだと思った。でも、けっして引きはしなかった。という
より、こういう告白をされたことに妙な親近感を覚えて、
「いいんだよ、べつに無理することはないんだから」
穏《おだ》やかに諭《さと》した。すると美乃里が体をすり寄せてきた。
「ひょっとして、その気をなくしちゃいました？」
「そんなことは」
「面倒臭いですもんね、わたしみたいな女って」

「いやそうじゃなくて」

返事に窮《きゅう》していると、美乃里はテレビのリモコンを手にして操作しはじめた。ほどなくして、さっきまでカラオケの映像が流れていたテレビ画面に、全裸のAV女優が大写しになった。アダルトチャンネルだった。アイドルと見まごうほど愛らしい顔立ちの女優が、陽焼《ひや》けした男優に胸を揉みしだかれ、やけに芝居がかった喘《あえ》ぎ声を上げながら悶《もだ》え続けている。

美乃里がリモコンを置いてソファから立ち上がった。そのままダブルベッドのほうへ歩いていくと、するりとバスローブを脱ぎ去った。

赤紫のムード照明に、透き通るような白い肌が浮かび上がる。きれいな裸だった。恥ずかしさに堪《た》えているのだろう、肩で息をつきながら頬を上気させている。二本の脚のつけ根にそよぐ黒々とした茂《しげ》みに目が留まり、おれはごくりと生唾を呑んだ。

そんな遠慮のない眼差《まなざ》しに気づいてか、美乃里は視界から逃れるようにダブルベッドの中に滑《すべ》り込んだ。

おれはしばらくソファから立てないでいた。

テレビ画面の中では、男優に組み敷かれた女優が絶頂に近づいている。男優の力強い腰づかいに合わせて、卑猥《ひわい》な言葉を叫びながら悶え続けている。

その声がベッドの中にいる美乃里に聞こえないわけがない。彼女はいま、どんな気持ちでいるんだろう。なにしろ、あとはもう、このおれがバスローブを脱ぎ捨ててベッドに飛び込みさえすれば画面の中と同じことができるのだ。しかも彼女は、その瞬間を待っている。

なのに、できなかった。この際、すべてを忘れて彼女に貪《むさぼ》りつくことも何度か想像したものの、どうしてもソファから立ち上がれなかった。

彼女が部長の娘だからではない。田中美乃里という一人の健気《けなげ》な女性と、こんな一夜に、こんなかたちで事に及んでしまってはいけない、と自分自身に咎《とが》められたからだ。

おれはリモコンを手にしてテレビを消した。女優の絶叫がぷつりと止み、二人きりの部屋が静寂に包まれた。

「おれなんかと寝ちゃダメだ」

乾いた声で告げた。つい弱々しい声になってしまった。

美乃里は口を閉ざしたままでいる。おれの言葉が伝わったのかどうか、それはわからないが、ベッドの中で身じろぎひとつしないでいる。

「きみは、おれみたいな男とは不釣り合いな女性だ。だから、こんなかたちでおれなんかと寝たら絶対にダメだ」

今度は諭すように声を張った。するとベッドの中の美乃里が寝返りを打つように動いて声を発した。

「祐樹さんでなくちゃダメなんです」

くぐもった声色だった。表情は見えない。顔が半分、布団《ふとん》の中に隠れている。どういう意味だろう。困惑していると、たたみかけられた。

「わたし、実は、祐樹さんと決めてここに来たんです。だから、絶対に祐樹さんでなければダメなんです」

「おれと決めて?」

意味がわからなくて問い返すと、美乃里が意を決したようにベッドの上で体を起こし、たわわな胸も露《あら》わに裸の上半身をさらけだした。

「本当のことを言います。わたし、祐樹さんのことは、いつも父から聞いてました。母が亡くなってからは父と食事しながら、毎日のようにその日の出来事を話しているんですけど、最近の父は、今日は会社で祐樹くんがああだった、こうだったって、誇らしそうに祐樹さんのことばかり話題にしてたんです。ときには社員旅行や忘年会の写真なんかも見せてもらっていたから、わたし、祐樹さんのことは会う前から知っていて、一度でいいから会いたいとずっと思ってました」

そんな折に会社の友だちから、今回の合コンの情報が入ってきた。これまで合コンにはまるで縁がなかった美乃里だが、東祥商事の若手営業部員が集まると聞いて、ひょっとしたら祐樹さんも来るかもしれない、と淡《あわ》い期待を抱いて参加したところ幸運にも出会えたのだという。

「父が見込んだ通りの素敵な人でした。ただわたし、初めての合コンだったから近くに座っていた人と話すので精一杯で、祐樹さんとはほとんど話せなかったんですね。それが心残りでならなかったから最後に思いきって店の前で待ってたんですけど、誘われたときは本当に嬉しくて」

上半身裸の美乃里を目の前にしているというのに、いつのまにか淫靡《いんび》な気持ちは消し飛んでいた。眩《まばゆ》いまでに毅然とした美乃里の姿に圧倒され、ここは本音で話そうとおれも身を引き締めた。

「お父さんに見込まれてるって、それは買いかぶりすぎっていうか、きみの勘違いだと思う。いつも怒られてばかりの出来の悪い部下だから、それでお父さんの印象に残ってるんじゃないかな」

するとと美乃里が胸を揺らして気色《けしき》ばんだ。

「それは違います、父は本気で祐樹さんを見込んでいるんです。でなきゃ、いつも祐樹さんのことばかり話すわけないじゃないですか。だって若手の営業部員って何十人もいるんでしょう？」

「ていうか、何十人もいる中で一番ダメだから毎日怒られてるわけで」

「だったら、もっと言いますけど、祐樹さんのお父さんって、いま入院されてるんですよね」

「は？」

「ごめんなさい、これも父から聞いたことです。いま祐樹さんは、実家の生活も支えなければならない大変な状況の中で頑張って働いてるんですよね。だからこそ父も、あえてきつく叱《しか》って発破をかけてるんだって言ってました」

言葉に詰まった。そこまで知られているとは思わなかった。おれの父親の入院についでは、会社でも限られた人にしか話していないのに、だれから聞いたんだろう。

父親が勤めている会社を休職したのは二年前のことだ。それまでは仕事一筋の営業マンだったのだが、いわゆる〝飲みニケーション〟を重視する昭和の猛烈《もうれつ》サラリーマン体質の人だけに、還暦を間近にして体を壊してしまった。以来、会社を休職したまま入退院を繰り返していたのだが、ここにきて入院の長期化が避けられなくなったため、職場復帰は無理だと医師から宣告されて依願退職した。

ただ、収入がなくなってしまったのに、その後も医療費の負担は増える一方だった。わずかばかりの退職金と医療保険金だけではとても追いつかないほど高額になってしまい、困った母親はパート仕事を見つけて頑張っていたのだが、やがて長年の蓄《たくわ》えも取り崩さなくてはやりくりできない状況に陥《おちい》ってしまった。

そうと知って一人息子のおれも手をこまねいているわけにはいかなくなった。大学を卒業して以来、同じ東京都内のワンルームマンションで一人暮らしをしていたのだが、再び実家に戻って母親をサポートしながら会社に通うようになった。

そろそろ結婚しなければ、と焦っていたのも、それゆえだった。いや、こう言うと語弊《ごへい》がある。実家の生活を支えてもらうためだけに嫁探しをはじめたわけではけっしてない。そんな時代錯誤な理由では相手の女性に失礼だ。そうではなくて、いまこそ生涯にわたって連れ添えるパートナーを見つけて、夫婦二人、手を取り合って未来を切り拓《ひら》いていくことが、結果的におれの両親を支えることにも繋がると思ったからこそ、真剣に結婚を考えた。

ところが、そんなシリアスな動機とは裏腹に、おれは今回、合コンでお持ち帰りして彼女を作ろうと目論んだ。柄でもないお持ち帰りで生涯の連れ合いを見つけようとしたこと自体が、そもそも間違いだったわけで、おれって何を考えてたんだろう、と思うほどに自己嫌悪に陥る。

一方の美乃里も似たような心境ではないのか。おれに会いたいばかりに初めての合コンに参加して運よく出会えたまではよかったが、つい流れにまかせてラブホに直行してしまい、どうしていいかわからなくなった。入口を間違えてしまったと後悔に苛《さいな》まれているに違いない。

となれば、ここは素直に胸襟《きょうきん》を開き合うべきじゃないのか。おたがいにやり方を間違えていたと気づいたからには、すべてをリセットしないことには何もはじまらない。

おれはひとつ深呼吸すると、居住まいを正して口を開いた。

「きみがそこまで言ってくれたことには心の底から感謝しているし、掛け値なしに、とても嬉しい。でも、ごめん。やっぱ今夜、おれたちは、そういうことをしてはいけないと思う」

もちろん、もはや部長の娘に手をつけることが怖いからではない。そういう気持ちは、いつしか消え失《う》せてしまった。なのに、なぜ今夜してはいけないのかといえば、おれにとって、ここまで健気な思いを女性から告白されたのは初めてだからだ。まだ会ったこともないおれをそこまで思ってくれていた美乃里を、お持ち帰りよろしく連れ込んだラブホテルで安易に抱いてしまったら逆に失礼だと思う。

「でもわたしは」

美乃里が何か言いかけた。おれはベッドの上の彼女に目を向けた。その視線に気圧《けお》されたのか、美乃里はふと言葉を呑み込み、前を見つめたまま再び黙ってしまった。

おれは両手を膝《ひざ》に突いて俯き、ため息をついた。結果的におれのほうから拒むかたちになってしまった手前、続く言葉が見つからずに唇を噛み締めていると、啜《すす》り泣きが聞こえてきた。見ると、美乃里が両手で顔を覆《おお》っている。裸の体を小刻みに震わせて忍び泣いている。

その刹那《せつな》、おれは弾《はじ》かれたようにソファから立ち上がり、ベッドへ向かった。そのまま無言でバスローブを脱ぎ捨てるなり布団をめくり上げ、美乃里の傍《かたわ》らに滑り込んだ。

美乃里は一瞬、ぴくりと反応したものの、すぐに体の力を抜いて裸の上半身をベッドに横たえ、添い寝するように身を寄せてきた。

弾力のある胸がおれの肩口に密着した。滑《なめ》らかな素肌の匂《にお》いと温《ぬく》もりが生々しく伝わってくる。それでもおれは美乃里の耳元に囁きかけた。

「今夜はこのまま寝よう」

言うまでもなく本来の意味での、寝よう、だった。

返事はなかった。そのかわりに、ひっく、ひっく、としゃくり上げる声だけが返ってきた。

気がついたときには朝になっていた。

ラブホテルの窓は目隠し用の扉で塞《ふさ》がれているから朝陽《あさひ》こそ射《さ》していないが、ベッドサイドに嵌め込まれているデジタル時計が7：32と表示している。

いつ寝たんだろう。

ぼんやりした頭で考えた。全裸同士で寄り添ったまま、おたがいの温もりと肌の感触に心和《なご》ませているうちに、どちらからともなく寝入ってしまったらしい。

美乃里はまだスースー寝息を立てている。そっと顔を覗き見る。穏やかな寝顔だった。ちょっと垂れぎみの目と、ぽってりとした唇が愛《いと》しくて、つい唇を寄せたくなったが、ぐっと堪えて美乃里から離れ、静かに体を起こした。

そのまま美乃里を起こさないように、そろそろとベッドから抜けだし、全裸のまま浴室へ向かった。

寝起きのシャワーは、極上の気持ちよさだった。追い込まれた気分で浴びたゆうべとはまるで違って、全身の細胞が生き生きと息を吹き返していくのがわかる。

美乃里の温もりと残り香《が》を脱ぎ去ってしまうのがもったいない気もしたが、あえてきれいに洗い流して髪も洗った。それから髭《ひげ》を剃《そ》り、歯を磨《みが》き、最後にドライヤーで髪を乾かし、ひとつ深呼吸してからそっと浴室の扉を開けた。

「おはよう」

バスローブ姿の美乃里が立っていた。にっこり笑って突きだしている両手には、きちんとたたまれたおれの服が載せられている。

「おはよう」

照れ笑いしながら挨拶を返して服を受けとると、

「わたしも浴びてくるね」

初めてタメ口を利いて浴室に入ろうとする。すかさず肩を掴んで引きとめた。

「ひとつ、お願いがあるんだ」

「え？」

訝しげにおれを見上げる。その目をまっすぐ見つめて告げた。

「来週の土曜日、もし空《あ》いてたら会ってもらえないかな」

シャワーを浴びているとき、ふと閃いたことだったが、美乃里はきょとんとしている。

「土曜日が無理なら日曜日でもいい」

そう付け加えて口角を上げてみせた。

「会ってどうするの？」

まだ訝しげにしている。

「デートしたいんだ。きみが好きになったから、もういっぺん、一からはじめたい」

美乃里が目を見開いた。急にどうしちゃったの？　といった面持《おもも》ちでいる。

でも本当のことだった。失礼な話だが、ここに連れてくるまでは相手が美乃里でなくてもよかった。ただもう単純に、おれと付き合ってくれる女性をものにしたい、という下心しか持ち合わせていなかった。なのに不思議なもので、一夜にして田中美乃里という女性が好きになった。田中部長の娘だという事実も踏まえた上で、会ったこともないおれに思いを寄せてくれていた彼女が本気で好きになってしまった。

「けど、どんなデートをするの？」

また聞かれた。

「まずは映画を観て、おいしいものを食べて、腹ごなしに街を散策する。そして夕暮れ近くになったらレンタカーを借りて、中央高速をドライブしたい」

途端に美乃里がぱっと顔を輝かせて問い返した。

「ドライブのあとは？」

「それはまだわからない」

首を大きく横に振って肩をすくめてみせると、

「来週は土曜も日曜も空いてるから、念のため、土曜にしとこっか」

いたずらっぽい微笑みを浮かべるなり、美乃里はするりとバスローブを脱いで浴室に入っていく。

すぐにシャワーの音が聞こえはじめた。どうやって逃げようかと焦りまくっていたゆうべとは一転、美乃里の体を洗い清めている水音が耳に心地いい。

そのとき、水音の合間から歌声が響いてきた。

『中央フリーウェイ』だった。その可愛らしい歌声にふと聞き惚《ほ》れながら、おれはほっこりと頬をゆるめた。

本作品は、平成三十年十月、小社より四六判で刊行されたものに、著者が文庫化に際し、加筆・訂正したものです。

なお、この物語はフィクションであり、実在の人物や団体等には一切関係ありません。

一〇〇字書評

ねじれびと

切り取り線

購買動機（新聞、雑誌名を記入するか、あるいは○をつけてください）	
□（　　　　　　　　　　）の広告を見て	
□（　　　　　　　　　　）の書評を見て	
□ 知人のすすめで	□ タイトルに惹かれて
□ カバーが良かったから	□ 内容が面白そうだから
□ 好きな作家だから	□ 好きな分野の本だから

・最近、最も感銘を受けた作品名をお書き下さい

・あなたのお好きな作家名をお書き下さい

・その他、ご要望がありましたらお書き下さい

住所	〒				
氏名		職業		年齢	
Eメール	※携帯には配信できません	新刊情報等のメール配信を 希望する・しない			

この本の感想を、編集部までお寄せいただけたらありがたく存じます。今後の企画の参考にさせていただきます。Eメールでも結構です。

いただいた「一〇〇字書評」は、新聞・雑誌等に紹介させていただくことがあります。その場合はお礼として特製図書カードを差し上げます。

前ページの原稿用紙に書評をお書きの上、切り取り、左記までお送り下さい。宛先の住所は不要です。

なお、ご記入いただいたお名前、ご住所等は、書評紹介の事前了解、謝礼のお届けのためだけに利用し、そのほかの目的のために利用することはありません。

〒一〇一－八七〇一
祥伝社文庫編集長　清水寿明
電話　〇三（三二六五）二〇八〇

祥伝社ホームページの「ブックレビュー」からも、書き込めます。

www.shodensha.co.jp/bookreview

祥伝社文庫

ねじれびと

令和 3 年10月20日　初版第 1 刷発行

著　者　原《はら》　宏一《こういち》
発行者　辻　浩明
発行所　祥伝社《しょうでんしゃ》
東京都千代田区神田神保町 3-3
〒101-8701
電話　03（3265）2081（販売部）
電話　03（3265）2080（編集部）
電話　03（3265）3622（業務部）
www.shodensha.co.jp/
印刷所　堀内印刷
製本所　ナショナル製本
カバーフォーマットデザイン　芥　陽子

Printed in Japan ©2021, Kouichi Hara　ISBN978-4-396-34765-9 C0193

〈祥伝社文庫　今月の新刊〉

渡辺裕之
荒原の巨塔　傭兵代理店・改
南米ギアナで起きたフランス人女子大生の拉致事件。その裏に隠された、史上最大級の謀略とは。

原　宏一
ねじれびと
平凡な日常が奇妙な綻びから意外な方向へと迷走する、予測不可能な五つの物語。

桂　望実
僕は金《きん》になる
賭け将棋で暮らす父ちゃんと姉ちゃん。まともな僕は二人を放っておけず……。

辻堂　魁
斬雪《ざんせつ》　風の市兵衛　弐
藩の再建のため江戸に出た老中の幼馴染みが目にした巣窟とは。市兵衛、再び修羅に！

小杉健治
恩がえし　風烈廻り与力・青柳剣一郎
一家心中を止めてくれた恩人捜しを請け負った剣一郎。男の落ちぶれた姿に、一体何が？

藤原緋沙子
竹笛　橋廻り同心・平七郎控
立花平七郎は、二世を誓った男を追って江戸に来た女を、過去のしがらみから救えるのか。

長谷川　卓
柳生神妙剣《やぎゅうしんみょうけん》
柳生新陰流の達者が次々と襲われた。立ちはだかる難敵に槇十四郎と柳生七郎が挑む！

岩室　忍
初代北町奉行　米津勘兵衛　**雨月《うげつ》の怪《かい》**
家康の豊臣潰しの準備が着々とすすむ中、江戸では無頼の旗本奴が跳梁跋扈し始めた。